KB273657

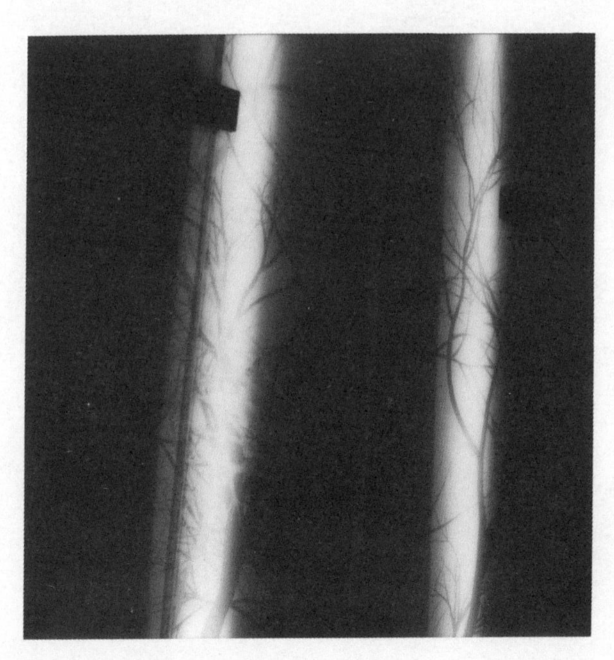

이슬아

에세이

갈등하는

눈동자

갈등하는

눈동자

먼곳

소리 없이 윙크해준 이들에게

차례

프롤로그

내가 너무 아는 것

아직 어두운 새벽에도 잠에서 깨면 고양이 숙희가 어김없이
다가와 나를 살핀다. 아무래도 그의 귀엔 내 눈꺼풀 열리는
소리가 들리는 것 같다.

책상에 앉으면 어제 쓰던 원고가 보인다. 이어서 쓴다.
쓰다가 미심쩍은 기분이 들면 이전 문장으로 돌아간다.
골똘히 다시 본다. 정말로 이렇게 쓰고 싶은지 자문하다
지우고 새로 쓴다. 왼쪽에서 오른쪽으로 바삐 오가는 시선.
하나의 산문에서 이런 운동을 수백 번 반복하다 보면
그나마 미더운 이야기가 된다.

쓰기를 연마해온 나의 십수 년이 무색해질 만큼 에이아이는

단번에 그럴싸한 결과물을 내놓는다. 새 문명의 속도를
처음 접했을 때, 내가 아주 오래 고민하고 건넨 질문 밑에
장문의 대답을 일 초 만에 손색없이 쏟아내는 챗봇을
목도했을 때, 빠름이란 게 얼마나 속상한 것인지를
알았다. 인간이 무엇이냐는 오래된 물음 앞에서 이제는
'더딘'이라는 형용사가 먼저 떠오른다.

무대에 오를 때마다 미래에 관한 질문을 듣는다.
에이아이가 모든 걸 바꿔놓을 격변기에 작가로서 어떤
생각을 하는지, 인간의 문학이 곧 끝난다는 전망에
동의하는지, 대책이나 비전이 있는지 사람들이 묻고 나는
한참을 머뭇거린다. 에이아이라면 거침없이 대답할 텐데.
나로선 객석을 향해 이렇게 말문을 여는 수밖에 없다.
"솔직히…… 말세라고 생각하고 있습니다."
사람들이 웃는다. 다가올 세계에 벙찐 내 모습이 별수 없이
드러난다. 조금만 창피해하며 내 앞에 앉은 사람들을 본다.
우리가 비슷한 처지라는 걸 아니까.

그러다 시선이 멈춘다. 저 멀리 눈에 익은 어린이가
보여서다. 순간 그의 삐뚤빼뚤한 글씨체가 뇌리를 스친다.

전국을 떠도는 방문 교사일 적에 만났던 어린이. 내 옆에
앉혀놓고 글쓰기를 가르친 초등학생. 벌써 십 년 전 일이다.
객석에 앉은 그는 더 이상 어린이가 아니고 얼굴도 몸도
길쭉해져 제법 어른처럼 보이지만 특유의 눈, 코, 입을 어찌
잊을까 싶다.

미래는 쥐뿔도 모르지만 그 애 원고지에 칭찬을 적어주던
과거는 확실히 안다. 걔가 주먹을 꽉 쥐고 쓰던 서툰
문장들도 죄다 기억한다. 그래서 일부러 그쪽을 안 본다.
자세히 보면 웃음이 터지거나 눈물이 날 것만 같다.

강연 후엔 무대 아래로 내려가 그 애를 찾는다. 이런
식으로 재회한 제자들이 일곱 명쯤 된다. 오랜만에 마주친
쑥스러움과 반가움을 서로 감추지 못하고, 어떤 애는
선생님 키가 이렇게 쪼그맸냐며 장난을 건다. 그런가 하면
농담 같은 걸 한마디도 못 하는 애도 있다. 가까워질수록
눈가가 그렁그렁해지는 아이. 나는 걔 손을 꼭 붙잡고
조심히 바라본다. 매주 만나던 초등학생이 어른이 되어
서 있는 모습을. 어디서든 초년생으로 불릴 나이. 못 본 새
속이 깊어진 것 같기도 하고 지친 것 같기도 하다.

우리는 언뜻 평범해 보이는 대화를 나눈다. 최저시급
받고 알바하는 이야기, 취업 준비하는 이야기, 자기가 뭘
원하는지 모르겠다는 이야기, 어릴 때 좋아했던 일들이
이제는 시시해졌다는 이야기…… 세계에 대한 실망인
줄 알고 듣다가 이내 자기 자신에 대한 깊은 실망이라는
것을 알아차린다. 그게 속상해서 눈을 슥 피한다. 자신이
하나도 남다르지 않다는 느낌과 매일 마주하는 얼굴이기에.
얼마쯤 마음이 꺾인 한 사람이 내 앞에 서 있다. 나는 문득
시간의 흐름이 슬퍼지지만 슬픔을 티 내지 않고 다시
그 애를 본다. 더 이상 어린이가 아닌 그 애도 나를 본다.
그 애의 두 눈이 꼭 이렇게 묻는 것 같다.
'혹시 선생님은 알아요? 제가 특별한 거……'
그런 말은 꼭 입 밖으로 소리 내지 않아도 다 들린다.
나는 눈물을 꾹 참고 눈썹에 이 말을 품고서 개를 본다.
'너무 알지.'

말하는 대신 책을 펼친다. 본문보다 조금 더 두꺼운 면지
위에 더 이상 어린이가 아닌 애들의 이름을 꾹꾹 눌러
적는다. 안경 너머로 남몰래 재밌는 상상을 하던 세아에게,
오늘은 무슨 옷을 입고 올까 기대하게 만들던 서현이에게,

학교에 가장 먼저 도착하던 혜원이에게, 지각하는데도
밉지 않던 시오에게, 천재가 무엇인지 보여주던 온유에게,
달려가는 은방울꽃 같던 예련이에게…… 내가 선명히
기억하는 디테일을 적는 동안 애들이 나를 걱정하며
말한다. 길을 한참 잘못 들어선 행인에게 일러주듯.
"쌤. 요새 종이책 읽는 애들 거의 없어요."
"대학에서 교재도 피디에프 파일로 나눠 줘요."
나는 익숙한 낭패감 속에서 웃는다.
"알아."
그렇게 말하며 걔네 손에 책을 쥐여준다. 안 읽어도 된다고,
진짜로 한 장도 안 펼쳐도 좋다고 당부하면서. 애들은
가방에 책을 쏙 넣고 돌아선다. 돌아서서 스마트폰을 보며
멀어진다.

그래도 나는 안다. 그들이 언젠가 그 책을 펼치리라는 것을.
만난 적 없는 다른 사람이 그리워서, 무엇보다 자기 자신이
그리워서, 어느 날 책으로 돌아오리라는 것을.

격투기 선수는

건너온 다리를 불태운다

'뒤얽히다'라는 동사를 종합격투기 경기장에서 배운다. 케이지는 선수들의 팔다리, 손목과 발목, 팔꿈치와 무릎 관절이 뒤얽히는 장소다. 뿐만 아니라 서로에 대한 선망 혹은 앙금, 훈련의 역사도 뒤얽힌다. 시계 방향으로 자라는 등나무와 반시계 방향으로 자라는 칡나무처럼 두 선수는 시합의 형식 안에서만큼은 상생할 수 없다. 칡 갈葛 자와 등나무 등藤 자를 나란히 놓으면 '갈등'이 된다. 뒤얽힘과 충돌은 격투기의 본질일 것이다. 그것은 우발적인 싸움이 아니다. 오랜 시간 상대와 자기 자신을 연구하며 정진해온 자들의 스포츠다.

격투기라는 기예, 그중에서도 서로 다른 무술을 섞어가며 겨룰 수 있게끔 룰을 고안한 종합격투기MMA는 풍부한 텍스트를 지녔다. 선수들이 입 다물고 움직이는데도 경기를 다 본 나의 마음엔 수많은 문장이 남게 된다. 내 시선을 사로잡는 건 언제나 패자의 얼굴이다. 시합이 끝나면 모든 선수들은 진실을 맞닥뜨린다. 이겼다는 혹은 졌다는 진실. 승자는 열광하는 관객과 마주하지만 패자는 오직 자신만을 마주한다. 어떤 위로의 음성도 선수 내면의 자책만큼 커다랄 수 없어서다. 커다란 무대 위에서 스스로의 한계라는 진실과 독대하는 이들을 본다.

2021년부터 한국 격투기판에는 멋진 흐름이 생겨나고 있다. 신생 단체 블랙컴뱃이 만드는 흐름이다. 블랙컴뱃은 기존 격투기 단체들이 반복해온 아쉬운 관행들을 십분 보완하며 넉넉한 파이트 머니와 충분한 시합 기회를 제공한다. 이들이 판을 키우기 위해 적극적으로 활용하는 것은 다름 아닌 이야기의 기술이다. 블랙컴뱃의 카메라 속에 들어오면 어쩐지 모든 선수들이 흥미진진해진다. 자극적이고 중독적인 음식의 조리법을 지닌 요리사처럼 제작진은 선수들을 캐릭터화하고, 알아도 또 먹고 싶은 맛의 플롯으로 이끈다. 우스꽝스러워 보이는 선수일지라도

함부로 폄하할 수는 없게끔 서사를 짠다. 격투기 현장
특유의 다소 꼴사나운 마이크워크에도 불구하고 종국엔
모든 선수들에게 존경의 마음을 품게 된다.

선수들이 케이지로 입장할 때 나는 어느 한쪽만을
응원하지 못한다. 문자 그대로 피땀 흘려가며 이 자리에
선 이들임을 알기 때문이다. 김연수는《소설가의 일》에서
다음과 같이 말했다.

> 나는 알게 됐다. 이야기를 좋아하는 사람의 마음, 쉽게
> 감정이입하는 이 마음은 누가 착한 사람이고 누가 나쁜
> 사람인지를 구별하지 못한다는 걸. 다만 이 마음은
> 건너온 다리를 불태운 사람. 모든 걸 걸고 이야기의
> 중심으로 향하는 사람. 자신이 원하는 걸 얻지 못하면
> 모든 걸 잃을 사람이 누군지만 알 뿐이라는 걸.[+]

건너온 다리를 불태운다는 건 퇴로를 마련하지 않겠다는
다짐이다. 2023년 블랙컴뱃의 한일전 국가대표 선발

[+]   김연수,《소설가의 일》, 문학동네, 2014년, 160쪽.

대회에서도 그런 사람이 있었다. 중량급 전영준 선수와
최준서 선수의 경기가 바로 그런 이야기다. 둘은 1라운드와
2라운드 내내 비등비등하게 겨뤘다. 어떤 싸움은 처절하게
맞붙어도 확실한 우열 없이 끝나기도 한다. 심판의 뜻에
맡긴 결과 미세한 우위로 전영준이 판정승을 거뒀다.

그런데 이때 전영준은 이의를 제기한다.
"제가 원하는 경기가 아니었습니다. 납득하지 못하겠어요.
연장을 가더라도 조금 더 저답게 한 번 더 해보고
싶습니다."
경기장은 수런거린다. 패자가 아닌 승자가 다시 싸우자고
제안했기 때문이다. 전영준은 쌍코피를 흘리며 다시
한번 못 박는다. 다시 싸워서 어떤 결과가 나오든
받아들이겠다고. 지금 이 승리는 애매하다고. 그는 그렇게
자신이 건너온 다리를 활활 불태운다.

결국 두 선수는 연장전을 치른다. 시작하기 전 거세게
서로를 껴안는다. 애매하지 않은 승패를 향해 다시
싸워주는 상대에 대한 감사함으로 벅차올라서다. 연장전
결과 만장일치로 최준서가 승리하며 승패가 뒤바뀐다.

하지만 전영준의 눈빛에서는 일말의 후회도 찾을 수 없다.
그게 그가 격투기를 존경하는 방식일 것이다.

멋지게 패배한 전영준에게 주변 선수들이 환호한다.
“사나이네.”
“남자다, 남자.”
이때 나는 떠올린다. 그와 비슷한 용기를 지녔을 또 다른
여자들의 얼굴을. 이런 용기에 관해서는 사나이다움과
연관 짓지 않고도 얼마든지 말할 수 있을 테니까. 대부분의
격투기 단체처럼 블랙컴뱃에도 전형적인 남성 집단의
분위기가 흐른다. 남자 선수가 주류인 호모 소셜에서는
여성성이 연약하고 우스운 것으로 여겨지곤 한다.

그런 와중 반갑게도, 블랙컴뱃이 여성부 경기를 신설했다.
덕분에 새롭게 떠오르는 걸출한 여자 파이터들을 볼 수
있게 되었다. 이들이 어떻게 다르게 싸우는지, 혹은 하나도
다르지 않게 싸우는지 관찰하며 다시 배운다. 결코 고정될
수 없는 남성성과 여성성을.

당신과

다시 싸우기 위하여

격투 경기에는 늘 패자가 있다. 아니라면 승자도 없을 것이다. 승자에게만 마이크를 쥐여주는 대회를 나는 보지 않는다. 격투기의 본질은 때때로 패자의 인터뷰에서 더욱 생생히 읽힌다. 2022년 국제격투기 대회인 UFC에서 볼카노프스키에게 패배한 정찬성은 경기 직후 인터뷰에서 말했다. 넘을 수 없는 벽이었다고. 나는 챔피언이 될 수 없다고 느낀다고. 계속하는 게 맞는 건지 잘 모르겠다면서 그는 말끝을 흐렸다. 정찬성의 몸은 피와 땀과 눈물로 뒤덮여 있었다. 세계적인 파이터도 어떤 싸움 뒤에는 그토록 정직하게 약해진다.

그러나 정찬성의 흔들리는 동공을 나는 용감무쌍한

자의 눈빛으로 기억한다. 고통의 깊숙한 안쪽으로 자신을
밀어붙이며 수련해온 사람이기 때문이다. 이긴 선수뿐
아니라 진 선수까지 존경할 때, 부디 꺾이지 말고 다시 링
위로 돌아와달라고 응원할 때, 격투기라는 스포츠를 향한
마음은 깊어진다.

2023년 1월에는 블랙컴뱃에서 주최한 한일전이 있었다.
모든 경기가 놀라웠지만 비교적 기회가 좁은 여성부 아톰급
경기를 꼭 기록해두고 싶다. 아톰급은 종합격투기에서 가장
낮은 체급이며 사십팔 킬로그램 이하의 선수들을 지칭한다.
한국에서는 스물두 살인 홍예린 선수가 출전했다. 홍예린은
목소리가 작고 말수가 적은 파이터지만 숨길 수 없이
비범한 기운을 지녔다. 고요하게 살벌한 얼굴로 웃음기 없이
싸우는 타격가다. 한편 일본에서는 스물여덟 살 오시마
사오리 선수가 출전했다. 화분 가게 주인처럼 상냥하고
부드러운 모습의 사오리는 두 아이의 엄마다. 동시에 이십
년간 유도를 해온 베테랑이자 무려 두 체급에서 챔피언을
거둔 MMA 최강자다. 경력 면에서 사오리는 홍예린을
압도한다. 자신의 역량을 훌쩍 뛰어넘는 적수와 맞붙기
위해 홍예린은 모든 것을 걸고 싸움을 준비했을 것이다.

둘의 경기는 타격가 대 그래플러다. 홍예린이 빠르고
강력한 복싱으로 주먹을 꽂아 상대에게 데미지를 입힌다면,
사오리의 주특기는 그래플링이다. 상대를 붙잡아서
메치거나 비틀고 꺾고 조르는 레슬링과 주짓수와 유도가
그가 쓰는 기술의 뿌리를 이룬다. 지지 않기 위해 홍예린은
붙잡히는 걸 필사적으로 피해야 했다. 서서 싸울 때 훨씬
유리하니까.

그러나 사오리는 챔피언답게 기어코 홍예린을 바닥으로
데려온다. 바닥은 완전히 사오리의 영역. 아래에서 싸우기
시작하면 홍예린은 끝장이다. 그런데 웬걸. 붙잡히는
족족 어떻게든 빠져나오는 홍예린의 안간힘에 모두가
놀라고 만다. 머릿속으로 수천 번 깔려본 자만이 그렇게
무표정으로 탈출할 수 있을 것이다. 공격만큼이나 강력한
방어에 관중들은 흥분한다. 홍예린을 꼼짝 못 하게 하는
건 의외로 챔피언에게도 쉽지 않은 일이다. 두 사람은
이리 구르고 저리 구르며 싸운다. 참으로 치열하고도 빠른
여성부 아톰급 경기였다. 해설자들이 말을 서둘러야 했을
정도로.

예상을 웃돌게 뛰어난 홍예린의 방어와 타격 실력에도
불구하고 마지막 라운드에서 사오리의 암바 기술을
피할 재간은 없었다. 두 여자 중 결국 더 많이 싸워본
사람이 승리를 거둔다. 경기가 끝났을 때 두 사람 모두
완전히 소진된 모습이었다. 양쪽 다 탈진한 채로 경기가
끝났다.

승자의 인터뷰에서 사오리는 자신보다 다섯 살 어린
홍예린에게 낭랑한 목소리로 말한다.
"이번에는 당신이 졌지만 준비가 되면 리벤지해주세요.
저는 그 신청을 받을 것입니다. 그때까지 같이 힘내봅시다."
그러나 홍예린은 패자의 인터뷰에서 나지막이 고백한다.
"이 경기가 마지막일 것 같습니다."
홍예린의 눈동자가 흔들리고 관중들은 숨죽인 채로 그를
본다. 아마도 그에겐 격투기를 계속할 수 없는 사정이 있는
듯하다. 홍예린의 키에 맞게 자기 무릎을 낮춰 마이크를
대주던 사려 깊은 진행자도 섣불리 사정을 캐묻지 않는다.
그저 격투기가 싫어서 관두는 것이 아니라는 것만을 모두가
직감한다.[+]

사오리 역시 상대의 은퇴 소식을 듣는다. 그러자 사오리는
눈가가 시뻘게지도록 운다. 그는 아는 것이다. 격투기를
원해도 계속할 수 없는 선수들이 있다는 것을. 그리고
정중히 인사한다.
"저를 은퇴 시합 상대로 골라줘서 고마웠습니다."
그것은 적을 아끼는 마음이다. 이기기 위해 연구하다가
너무 잘 알아버렸기 때문에, 함께 힘껏 뒤엉켜보았기
때문에 사오리는 홍예린이라는 적을 아끼지 않을 수 없다.

블랙컴뱃의 대표 검정은 홍예린을 대신해 사오리에게
정중히 말한다.
"한국에는 정말 강력한 여성부 선수들이 많이 있습니다.
복수하러 갈 테니까 기다려주세요."
그러자 내 안에서 '복수'라는 단어가 새로워진다. 여기서의
복수는 당신을 잊지 않겠다는, 당신에게 견줄 만큼
내가 훌륭해지겠다는, 그때까지 당신이 그 자리에서

+　　말없이 은퇴했던 홍예린은 일 년 뒤 가족에게 신장 공여 수술을
　　하느라 공백기를 가질 수밖에 없었던 사정을 밝히며 격투기판에
　　복귀했다. 신장이 하나 줄어든 몸으로, 그러나 더욱 강력한
　　선수가 되어 활약하고 있다.

건재하기를 바란다는 의미다. 격투기는 상대를 아프게 하는
스포츠지만 상대가 완전히 망가지기를 바라는 격투 선수는
없다. 그건 다시는 싸울 수 없다는 의미니까.

그렇게 싸워놓고도 서로의 평안을 진심으로 염원하는
두 선수를 본다. 상대가 무탈하길 가장 바라는 이들이
있다면 바로 적들일 것이다. 어떤 시공간에서는 폭력과
사랑이 충돌하지 않는다. 복수에 한없는 존경을 담을 수도
있음을 격투기판에서 배운다.

헤어진 뒤에
진짜 만남이 시작된다면

.

이별에 관해 생각하고 있다. 대개의 이야기는 모험을
떠나며 시작되지만 〈장송의 프리렌〉[+]은 독특하게도 모험이
끝난 직후에 시작되는 애니메이션이다. 십 년간 세상을
떠돌며 함께한 네 명의 일행. 그 어렵다는 마왕 퇴치까지
완수했으므로 이들은 뿔뿔이 흩어지기로 한다.

이별에 가장 동요하지 않는 자는 주인공인 프리렌이다.
그의 동요 없음은 긴 수명과 관련이 있다. 프리렌은

[+]　　〈장송의 프리렌葬送のフリーレン〉은 야마다 카네히토가 각본을
맡고 아베 츠카사가 작화를 맡은 일본 만화로 2020년부터
연재하고 있다. 애니메이션은 사이토 케이이치로와 키타가와
토모야가 감독을 맡았고 2023년부터 방영하고 있다.

엘프라서 천 년 넘게 산다. 십 년의 여행쯤은 무수한 찰나 중 하나일 뿐이다. 프리렌에게 '어떤 마을을 느긋하게 둘러본다'는 개념은 수십 년 단위의 시간을 의미한다. 백 년을 빈둥거린다 해도 큰 상관없을 것이다. 인간 동료들이 애쓰며 매달리는 문제 역시 그의 눈엔 사사로운 일들이다.

그가 무심히 세월을 누리는 동안 인간 동료들은 빠르게 노화한다. 힘멜은 모험을 함께할 당시 싱그러운 젊은이였다. 다정하고 용맹하게 세상 구석구석을 챙기던 푸른 머리칼의 사내. 그런데 프리렌이 잠깐 딴짓을 하고 온 사이, 그는 머리카락 한 올 남지 않은 자그마한 노인이 되어 있다.
"폭삭 늙었네."
프리렌이 무신경하게 중얼거려도 힘멜은 노여워하지 않는다. 프리렌을 비껴갈 수밖에 없는 자신의 운명에 관해 이미 오랫동안 생각했으리라. 그저 생의 마지막 나들이를 함께해줘서 고맙다는 말만 전한다. 눈부시게 강한 프리렌을 아끼고 존경하기 때문에. 또한 늘 혼자 남게 될 프리렌을 걱정하기 때문에.

힘멜의 짐작처럼 얼마 후 프리렌은 관 위로 뿌려지는 흙을
멍하니 보고 있다. 그것은 힘멜의 무덤가를 덮는 흙이다.
프리렌의 후회는 그제야 시작된다.
"어째서 더 알려고 애쓰지 않았던 걸까?"
그는 인간과 자신의 시차에서 처음으로 고통을 느낀다.
힘멜이라는 각별한 타인이 사라지기 전엔 몰랐던 고통이다.
우리를 영영 헤어지게 하는 건 죽음만이 아니다. 그를
모르기로 한 선택들이 생전에도 둘을 한없이 멀게
만들었다.

반대로 말해볼 수도 있을까. 그를 계속해서 알아간다면
죽음 이후에도 우리는 만나게 되는지. 그런 앎 또한
만남이라고 불러도 되는지. 바로 이 자리에서 프리렌은
새 모험을 떠난다. '힘멜의 죽음으로부터 몇 년 후.'
이 만화가 시간을 세는 방식이다.

다시 떠난 길에서 프리렌은 옛 동료 아이젠을 만난다. 지난
모험을 회상하며 프리렌이 말한다.
"너희와 함께한 여행은 내 인생 전체에서 백 분의 일도 안 돼."
그러자 아이젠이 대답한다.

"그 백 분의 일이 널 바꿨어."

인생엔 유독 특별한 시절이 있다는 진실이 프리렌에게
흘러들어온다. 작은 경험으로 치부했던 십 년 속에
정금같이 귀한 장면들이 얼마나 많았는지 알아차리게
된 것이다. 시간이 째깍째깍 똑같이 흐르고 있는 것처럼
보이지만 누구도 세월을 균일하게 겪지 않는다. 그리고
아이젠은 "인생이란 약하게 사는 시간이 의외로 더 긴
법"이라고 일러준다.

잠깐 강하고 대부분 약한 인간의 생을 이해하는 동안
프리렌은 번거로워지고 풍요로워진다. 주위를 둘러보니
프리렌의 동료들은 진작부터 이런 수고를 하고 있었다.
왜 굳이 사람과 깊게 관계 맺느냐는 질문에, 아직 죽지 않은
동료들은 '힘멜이라면 이렇게 했을 것이기 때문'이라는
대답을 돌려준다. 작은 일들을 참 꼼꼼히도 챙기던 힘멜은
이제 죽고 없다. 그러나 힘멜이 할 법한 선택을 하는
사람들이 생기자 세계의 얼굴은 조금씩 힘멜과 닮아간다.

우리의 수명은 천 년이 아니다. 프리렌처럼 천 년을
축적해서 쌓은 마력과 두려움 없이 적을 바라보는 눈동자

같은 건 영원히 갖지 못할 것이다. 하지만 긴 시간이
주어지지 않아서 해내는 일들도 있다. 장수하는 프리렌의
무지와 오만을, 단명하는 인간들이 너그러이 감싸듯이
말이다.

힘멜은 왜 그토록 속이 깊었는가. 서둘러 헤아려서다.
인간이 너무 많은 걸 망쳐버린 인류세 시대에 〈장송의
프리렌〉을 보며 기억해낸다. 우리가 시간의 한계 때문에
무진장 좋은 선택을 할 때가 있음을.

온갖 화려한 마법이 난무하는 이 작품에서 눈에 띄는 건
오히려 작은 마법들이다. 생은 자질구레한 일들의 총합이라,
사랑을 아는 자는 작은 것의 전문가일 수밖에 없다. 미약한
인간들의 투쟁에 동참한 천 살의 엘프 프리렌은 아룬다티
로이의 소설처럼 '작은 것들의 신'에 가까워진다. 그러는
사이 죽은 사람과 산 사람이 엎치락뒤치락 서로를 돌본다.

이 이야기가 허무맹랑한 판타지가 아니라는 걸 나는 안다.
내가 속한 세계에서도 소중한 이를 잃은 이들은 이미
그렇게 살기 때문이다. 그것은 이별을 이별 이상으로 만드는

삶이다. 필멸이 숙명인 우리가 가장 아프게 배워야 할
마법일지도 모르겠다.

그리움으로
해내는 일들

이 나라에서 내가 배우는 것 중 하나는 이런 것이다.
사람들이 그리움으로 무얼 하는지. 다시 만날 수 없는 이를
가슴에 품은 채로도 어떻게 세상을 더욱더 껴안는지……

사랑하는 친구가 크게 다쳤다는 소식을 전해 들었다.
이미 수술실에 들어간 터라 친구의 휴대폰 전원이 꺼진
상태였다. 전화기가 켜지기만을 기다리며 친구의 부드러운
밤색 피부를 떠올렸다. 뒷산을 성큼성큼 오르는 두 다리와
자주 엉키는 머리카락, 툭 치면 흘러나오는 숱한 문장들도
떠올렸다. 그는 아주 많은 책을 외우는 사람이다. 친구의
사라짐은 도서관의 사라짐이고 어떤 대화의 멸종이고
다시는 만질 수 없는 살갖일 것이었다.

며칠 만에 다시 휴대폰이 울렸다. 몸 이곳저곳에 깁스와
철심과 붕대를 칭칭 감은, 그러나 또렷하게 살아있는 친구의
목소리가 들려왔다. 그는 부러지지 않은 한쪽 팔로 간신히
휴대폰을 든 채 나를 반겼다. 그의 이름을 부르는 내 음성을
얼마나 귀하게 듣고 있는지 알 것 같았다.
"지금 이 통화, 지금 이 목소리를 영영 못 들을 수 있었던
거잖아. 하나도 당연하지 않은 거였어."
먼 곳에 갔다가 돌아온 사람처럼 그가 말했다. 만남이란 게
그의 안에서 아주 절절한 무엇이 돼 있었다.

이내 친구는 마음 아픈 소식을 들려주었다. 다치기 직전에
아버지가 돌아가셨다는 이야기였다. 몇 겹의 험한 시절을
지나고 있음을 그제야 알아차렸다. 만나보지 못한 아버지의
성함을 물었다.
"아빠 이름은 희운이었어. 기쁠 희喜에 구름 운雲 자를 썼어."
희운은 언제나 저것 좀 보라고 넌지시 말해주는
사람이었다고 한다. 창밖의 산수유를. 시간의 흐름을.
코앞에 놓인 어여쁜 것들을…… . 희운 때문에 친구는
그토록 자기 아닌 것에 시선을 빼앗기는 사람으로 자랐다.
희운과의 이별을 생각하면 북이 찢어지는 것처럼 가슴이

아프다고 친구는 말했다. 사랑하는 이를 잃은 모든 사람을 의심의 눈초리로 보게 된다고, 도대체 그들이 어떻게 견디는 건지, 무슨 힘으로 살아가는지 알고 싶다고 했다.

유족들은 기적에 대해 생각하지 않을 수 없다. 쉼 없이 그것을 바라기 때문이다. 고명재 시인의 산문집《너무 보고플 땐 눈이 온다》에는 이런 문장이 적혀 있다. 외할머니가 돌아가시기 전날, 우연히 좋은 식사를 함께 누렸던 어머니의 이야기다.

> 내 인생은 험하고 아프기도 했지만 내게도 한순간
> 축복이 왔어. 엄마랑 밥 한 끼 먹는 거. 그 흔한 게 얼마나
> 기적적인지 이제는 알아.[+]

죽음 옆에 있는 사람들은 다름 아닌 밥 한 끼를 기적이라 말한다. 그런 기적이 일어나지 않아도 더 이상 볼 수 없어도 계속 사랑할 수 있을까. 이 책에서 시인은 조용히 고개를 끄덕인다. 그리고 덧붙인다.

[+]   고명재,《너무 보고플 땐 눈이 온다》, 난다, 2023년, 184쪽.

이것은 참 흔하고 놀라운 끈기입니다. 그걸 꽃처럼 쥐고
살아갈게요.*

그리움과 고통, 환희와 슬픔을 꽃처럼 쥐고 살아가는
사람들을 나는 바라보고 있다.

사진잡지 《보스토크》 39호의 화두는 '애도'다. 이 책에서
정혜윤은 대구 지하철 참사 유족들에 대해 이렇게 쓴다.
참사 이후 유족들은 냉소주의자나 은둔자, 복수하는
자 중에서 어떤 것이 되어도 이상하지 않았다고, 그러나
그들은 정말 어려운 정체성을 택했다고, 바로 '사랑하는
자'였다고……. 유족들이 스스로에게 물었기 때문이다.
우리에겐 아직 지켜야 할 사람들이 있지 않느냐고. 무언가
변화해야 이 비극에도 의미가 생기지 않겠느냐고.

조사 결과 참사의 규모를 키운 결정적 원인은 불에 몹시
잘 타는 지하철 내장재였다. 이후 유족들은 노조와 함께
대구 지하철 전 차량의 내장재를 불연재로 교체하는 일에

* 　같은 책, 263쪽.

힘썼다. 이런 움직임은 다른 참사에서도 얼마든지 만나게
된다. 같은 책에서 김인정은 이렇게 적는다.

> 유족들은 뒷이야기를 새로 쓰려고 한다. 같은 이름의
> 다음 고통을 막기 위해.[+]

우리는 상실한 이들이 일군 변화에 빚지고 있다. 사랑하는
사람을 잃은 자가 죽도록 애써서 겨우 바꿔놓은 것이 한국
현대사의 한 흐름일 것이다. 서로 닮은 죽음이 각각의
우연한 비극이 되지 않도록 사회적 애도를 발명해온 이들
덕분에 느리게 조금씩 변해왔다.

지옥 같은 그리움을 꽃처럼 들고 살아가는 유족들의
이야기가 지금보다 더 귀하게 여겨지기를 간절히 바란다.
우리 모두는 결국 서로를 잃을 수밖에 없기 때문이다. 상실
이후에도 무엇이 가능한지 알고 싶기 때문이다.

[+]   김인정, 〈애도의 보도, 보도의 애도〉, 《보스토크》 39호,
보스토크프레스, 2023년, 151쪽.

종말 직전에도
회사에 가는 사람

새해 첫날부터 〈종말에 대처하는 캐럴의 자세〉*를 보기
시작했다. 남의 일 같지 않아서였다. 디스토피아를 다루는
시리즈가 쏟아지는 와중에 조용히 등장한 이 작품은
언뜻 재난 드라마처럼 보이지만 그렇다기엔 좀 시시하다.
대재앙의 스펙터클도 없고 인류에게 경종을 울리지도
않는다. 몇 사람의 하루 일과를 담담히 응시할 뿐. 하지만
나는 이 시시함이 믿음직스럽다.

여타의 픽션처럼 캐럴의 지구도 종말을 앞두고 있다.

*   〈종말에 대처하는 캐럴의 자세Carol & The End of The World〉는
     댄 구터먼이 기획자, 작가, 제작자로 참여한 10부작
     애니메이션으로 2023년에 방영되었다.

지구를 절멸시킬 행성이 걷잡을 수 없이 다가오고 있고, 모두에게 딱 반년이 남았다는 사실이 알려진다. 그러자 유례없는 시대정신으로 세상이 물든다. 어떤 식으로든 행복할 것. 다들 행복만을 유일한 삶의 강령으로 두고 생활 전반을 바꾼다. 삶의 마지막 쾌락을 향해 불나방처럼 달려드는 가족과 이웃을 어디서든 마주치게 된다. 그들은 스카이다이빙에 도전하고, 못 가본 나라를 여행하고, 나체로 파티에 가고, 금기였던 사랑에 올인하고, 신호를 무시하며 내키는 대로 차를 몬다. 그러나 인생을 즐긴다는 게 대체 뭘까. 우리의 주인공 캐럴은 도통 모르겠다.

다들 카르페 디엠에 열을 올리자 캐럴 역시 즐거움에 대한 압박을 느낀다. 뭐하고 지내냐는 질문에 요즘 서핑을 한다고 대답해버린다. 서핑으로 대표되는 자유와 멋, 운동 능력, 대자연과의 교감 등 멋진 가치들을 어필할 수 있어서다. 이때 캐럴의 눈동자는 자꾸만 구석을 향한다. 거짓말이므로. 사실 캐럴은 평소처럼 회사에 다닌다. 기이한 선택이 아닐 수 없다. 종말이 반년 남은 세상에서 출퇴근은 이미 과거의 산물이 되고 말았다. 대다수가 일을 때려치우지 않았겠는가.

화폐는 기능을 잃고 생계를 위한 노동의 당위도 사라졌다.
그럼에도 어떤 조직은 아랑곳하지 않고 돌아간다. 회사
하면 떠오를 법한 사무실. 캐럴처럼 새로운 행복에
경도되지 않는 이들이 거기서 일하며 안정을 느낀다. 자로
잰 듯 딱 떨어지는 체계, 답답하리만치 보수적인 시스템에서
평화를 얻는 이도 있다. 그러나 회사는 필연적으로 인간을
부품화하고 대체 가능하게끔 만든다. 네가 꼭 너여야 할
필요는 없단 의미다.

그건 회사의 입장이고 캐럴은 옆자리 직원의 이름이
궁금하다. 매일 커피를 나르는 직원의 이름도 궁금하다.
같이 일하는 이에게 말을 걸고 싶다. 그래서 사무실 구석에
방치된 직원 명부를 보며 사람들 이름을 외운다. 캐럴이
이름을 부르기 시작하자 사람들은 흠칫 놀란다. 부품
이상이 될 때의 작은 고통을 느껴서다. 호명은 자신에게
자신을 돌려주는 힘을 지녔다.

프리모 레비는 이름 대신 번호로 불렸던 사람 중
하나다. 그의 수인번호는 174517이었다. 아우슈비츠
강제수용소에서 기적적으로 생존한 레비는《이것이

인간인가》에 다음과 같은 문장을 적었다.

> 우리의 인간성이 아주 연약한 것이며 이 인간성이야말로
> 우리 생명보다 더 위태롭다는 것을 깨달았다. (…) 수용소
> 안에서 자유로운 인간들에게 메시지를 전하는 것이
> 가능했다면 그 내용은 바로 이런 것이었으리라. 지금
> 여기서 우리를 괴롭히는 것을 당신들 집에서 겪지 않도록
> 주의하시오.[+]

나는 상상한다. 거의 팔십 년 전에 쓰인 레비의 메시지를
캐럴이 듣는다면 어떨지. 캐럴은 자유로운 인간인 채로
집과 회사를 오간다. 레비가 겪은 세상과 판이하지만,
살아서도 인간성의 죽음을 겪을 수 있다는 점에서 레비의
문제의식은 여전히 캐럴에게 유효해 보인다. 종말 때문에
외려 가벼워진 존엄의 문제를 얼떨결에 마주하게 된다.

옷깃만 몇 번 스친 직장 동료가 죽던 날, 아무도 신경 쓰지

[+] 프리모 레비, 《이것이 인간인가》, 이현경 옮김, 돌베개, 2007년,
80쪽.

않는 그의 시신이 캐럴의 눈에 밟힌다. 이름과 얼굴을 알기 때문이다.

"그는 여기 왔잖아요. 이 회사에 매일요. 월요일부터 금요일까지 우리 모두가 하듯이요."

고인의 가족을 찾을 수 없으므로 캐럴은 직접 장례를 치러주기로 한다. 회사 옥상에서 유해를 날릴 때 캐럴과 동료들은 고인에 대해 딱 아는 만큼만 말한다. 당신은 콧수염이 있었다고, 스테이플러를 빌려가면 꼭 돌려주는 사람이었다고, 당신의 도시락 냄새는 참 좋았다고. 이렇게 사사로운 정보들이 그의 삶을 일부 나눠 가졌다는 증거가 된다.

죽음에 대한 이야기는 나를 끌어당긴다. 아마도 삶을 너무 아껴서일 것이다. 죽음을 다루는 방식은 곧 삶을 다루는 방식일 수밖에 없다. 죽음을 구경하는 사회, 죽어도 잘 바뀌지 않는 사회에서 이런 책과 드라마를 마주하면 뭔가가 사무친다. 이 사무침을 레비에 대한 서경식의 문장으로 설명할 수 있을 것 같다. 내 마음은 "인간성에 대한 이유 있는 절망과 힘겨운 기대로 가득 찬"*다. 그러므로 종말 직전까지 이런 것들을 점검하고 싶다.

우리는 아는가. 나만큼이나 당신이 귀하고 당신만큼이나
내가 귀하다는 것을, 진정으로 아는가.

＊　다음 책에 실린 서경식의 작품 해설에서 인용했다.
프리모 레비, 《가라앉은 자와 구조된 자》, 이소영 옮김, 돌베개,
2014년, 275쪽.

사는 맛과
죽는 맛

빵을 '굽는다'는 동사를 생각하면 카자흐 여인들이
떠오른다. 김연수의 소설 《일곱 해의 마지막》에는 스탈린에
의해 강제 이송당한 한인들 이야기가 쓰여 있다. 그들은
기차 화물칸에 한 달 넘게 실려 가다가 낯선 역에 도착한다.
고향인 연해주에서 생전 와본 적 없는 중앙아시아
허허벌판에 떨궈진 것이다. 기차는 떠나버리고, 지낼 곳도
먹을 것도 없는 광활한 초원에서 그들은 깨달을 수밖에
없다. 세상에 버려졌음을. 죽으라고 여기에 방치됐음을.
아이들과 엄마 아빠 들과 할머니 할아버지 들, 하루아침에
집도 밥도 미래도 잃은 그들이 낯선 황야에서 울고 있다.

절망적인 그 황야에 워낭 소리가 들려온다. 당나귀를 몰고

한 무리의 사람들이 나타난 것이다. 카자흐 여인들이었다.

> 그녀들은 동쪽에서 정체불명의 낯선 민족이 화물칸에
> 실려와 황야에 버려졌다는 소식을 듣고 빵을 굽기
> 시작했다. 그리고 그 빵이 식을세라 모포에 감싸
> 당나귀에 실은 뒤, 한 번도 만난 일이 없는 그들을
> 찾아왔다. 한인들이 울면서 그 빵을 먹는 동안, 카자흐
> 여인들도 울음에 합세했다. 빵과 울음. 새로운 삶이
> 거기서 시작됐다.[+]

이 문장 때문에 나는 늘 빵이라는 게 너무 좋고 슬프다.

카자흐 여인들이 얼굴도 국적도 모르는 이들을 위해 빵을
구운 건 그저 생물이란 게 뭔지 알기 때문이었다. 생물은
잠을 자고 영양분을 공급받아야 한다. 황야에 내버려두면
죽는다. 일단 먹이고 보자는 결심은 취약해본 적 있는
인간이 또 다른 취약한 인간을 상상할 때에만 품을 수 있다.
현실 속 인간들은 이렇듯 번거로운 한계 속에서 산다.

[+] 김연수,《일곱 해의 마지막》, 문학동네, 2020년, 95쪽.

44

반면 만화는 어떠한가. 만화 속 캐릭터도 자주 궁지에
몰리지만 지나치게 일상적인 행위에 관해선 건너뛸 자유가
있다. 특히 판타지물이라면 먹고사는 이야기보다 훨씬
더 흥미진진한 모험에 분량을 길게 써도 된다. 그런데
삼시 세 끼 챙겨 먹는 일에 거의 모든 시간을 쏟는 판타지
애니메이션도 있다. 제목은 〈던전밥〉*. 그야말로 '던전'에서
밥해 먹는 이야기다.

만화가 시작되자마자 벌어진 일은 주인공의 동생이 용에게
잡아먹힌 사건. 불행 중 다행인 점은 용이 아주 느리게
음식을 소화시킨다는 것. 용의 몸에서 소화되기 전에
동생을 구출하는 게 주인공 일행의 목표다. 용의 서식지는
던전 가장 깊숙한 곳. 미궁 속으로 내려가고 또 내려가야
한다. 이 모험은 대의를 위한 것처럼 보인다.

그러나 걷고 싸우다 보면 자연스레 배가 고파진다.
제아무리 날고 기는 마법사, 장수, 엘프라 할지라도 허기

*　〈던전밥ダンジョン飯〉은 쿠이 료코의 만화로 2014년부터
2023년까지 연재되었다. 애니메이션은 미야지마 요시히로가
감독을 맡았고 2024년에 방영되었다.

속에선 힘을 못 쓴다. 그래서 이들은 날마다 걸음을
멈추고 음식을 해 먹는다. 만화적 허용으로 생략되곤 했던
부엌일에 관한 디테일이 만개한다. 온 신경을 미래 목표에
집중하던 캐릭터들도 밥해 먹는 순간 모두 현재에 머문다.
가장 자주 반복되는 감탄사는 "맛있어!(おいしい!)"다.

그런데 도대체 무엇을 먹는단 말인가. 이곳은 지상과 환경이
완전히 다른 미궁인데. 놀랍게도 이들은 마물(마법생물)을
조리하기로 한다. 마물과 싸울 뿐 아니라 먹기까지 한다니
어딘가 잘못된 것 같지만, 요리해보기 전엔 알 수 없었던
적의 속성을 이해하며 미궁식 생존에 최적화되어 간다.

모든 생물은 어떤 필요에 의해 바로 그 형태를 하고
있다. 마물을 대상으로 한 싸움의 기술과 요리의 기술을
읽어나가다 보면 마치 자연사 박물관을 거니는 느낌이
든다. 마물의 생태적 특성을 본격적으로 연구하고, 영양
균형에 주의를 기울이며 식탁을 차리는 이들의 모습 앞에서
저절로 경건해진다. 자기 몸 걱정은 뒷전인 동료를 붙잡고는
"하루 세끼 꼬박꼬박 챙겨 먹고 제때 잠을 잔 내가 너보다
훨씬 제정신"이라고 소리친 뒤, 끼니부터 챙기는 그의

모습은 광휘롭기까지 하다.

다소 엽기적인 재료로도 훌륭한 맛을 내는 건 일행 중에 마물 요리 전문가 센시가 있기 때문이다. 그는 용과의 결투를 목전에 뒀을 때도 부지런히 빵을 굽는다. 큰일이 있을수록 식사가 중요하니까. 순전히 빵을 만들고 싶다는 이유로 위험한 오크 무리를 따라가기도 한다. 그에겐 고이 간수해온 천연발효종이 있고 오크에겐 밀가루가 있으므로, 으르렁대며 기싸움을 하면서도 반죽을 멈추지 않는다. 저주에 걸려 잠시 석화된 동료의 처지를 안타까워하면서도, 딱딱해진 동료 몸을 장아찌를 만들기 위한 누름돌로 쓰기 일쑤다.

이토록 살림에 몰두하는 센시가 유독 싫어하는 마법이 있다. 소생술이다. 본디 죽은 자는 되살아나지 않는 법이라고 센시는 말한다. 미궁에서는 소생술이 흔한 일이라는 동료 라이오스의 응수에도 센시는 힘주어 강조한다.
"보통 일이 아니야. 보통 일이 아니라네, 라이오스."
이 부분에서 센시는 왜 엄격해질까? 아마도 쉬이 살릴

수 있는 세계에서는 죽음의 무게도 자연스레 가벼워지기 때문이리라. 죽음을 극도로 무겁게 여기는 건 센시가 생을 귀하게 여기는 방식이다. 마물이 사력을 다해 살듯 자신도 필사적으로 살겠다는 의미다. 이것은 더없이 생기 있게 먹고사는 만화인 동시에 죽음과 애도에 관한 만화다. 사는 맛과 죽는 맛을 따로 떼어놓지 않는 작품이다.

손가락 몇 번 움직이면 삼십 분 뒤 오토바이와 함께 음식이 도착하는 시대에 〈던전밥〉을 읽는다. 식량자급률이 낮고 농업인을 귀히 여기지 않는 국가에 살며 거식과 폭식 사이를 자주 오가는 우리에게 이 작품은 어떤 감각을 돌려준다. 밥과 울음 위에서 삶이 계속 다시 시작된다는 것. 살려는 힘과 살리려는 힘이 우리의 역사이자 가장 큰 본능임을 잊지 않으려 한다.

투쟁 없이는
사랑도 없다

내가 자주 속아 넘어가는 표현이 몇 가지 있다. 아름다움,
너그러움, 산뜻함, 용기 같은 단어들. 아주 소중한 말이지만
갈등을 서둘러 봉합하기 쉬운 말이기도 하다. 여러 사정을
들어볼수록, 세상과 치열하게 접촉할수록 남발하기가
어려워지고 만다. 그런 표현 중 제일은 사랑일 것이다.
전에는 사랑을 말하기 위해 사랑스러운 단어를 동원했다.
지금은 다른 게 필요하다고 느낀다. 그건 언뜻 보면
사랑의 반대편에 있는 듯한 단어들이다. 정혜윤의 소설
《마음 편해지고 싶은 사람을 위한 워크숍》엔 이런 문장이
등장한다.

어떤 사랑은 이 세상의 많은 일들에 반대하게 만들어.

반대하는 힘이 한 사람의 진짜 힘이야. 너를 지키기
위해서라면 나는 기꺼이 반대자가 될 거야.[+]

이 책은 사랑과 저항이 하나임을 천명한다. 모든 존재는
크고 작게 취약하고, 취약한 존재를 사랑하다 보면 결코
동의할 수 없는 질서와 마주하게 된다. 계속 사랑하기로
결심한 자는 싸우는 자로 거듭난다. 그것이 다름 아닌
연대다.

그러나 연대는 어떠한가. 누군가의 가슴을 뜨겁게 하거나
멀찍이 떨어지게 할 이 단어의 진실은 안담, 한유리,
곽예인이 함께 쓴 《엄살원》에 적혀 있다.

연대라는 건 아름답지 않은 거구나. 엄청 싸우면서
동행하는 거구나……[*]

활동가 여름의 말이다. '활동가라는 이상한 사람들'에 관해

[+] 정혜윤, 《마음 편해지고 싶은 사람들을 위한 워크숍》,
위즈덤하우스, 2023년, 50쪽.
[*] 안담·한유리·곽예인, 《엄살원》, 위고, 2023년, 39쪽.

안담은 이렇게 썼다.

> 자기 일도 아닌 문제에 자기 일처럼 화를 내는 게 직업인
> 사람들. 여성, 장애인, 성노동자, 퀴어, 빈민, 홈리스,
> 청소년, 동물의 이야기가 곧 나의 이야기이기도 하다고
> 굳게 믿는 감각이상자들. 비관할 구석이 가득한 세상에서
> 냉소를 통해 똑똑해 보이기를 선택하지 않은 사람들.*

안담의 문장 너머로 활동가들의 특수한 노동이 보인다.
비슷한 문제의식을 지닌 동지들이라 해도 싸우는 방식과
더 절박하게 여기는 부분이 얼마든지 다를 수 있다. 적과
싸우는 고통은 아무것도 아닐지 모른다. 동지와 싸우는
고통에 비하면 말이다. 죽어라 부딪치면서도 같은 현장을
지켜야 한다는 점에서 연대는 아름답기만 할 수 없다.

연대에 휘말린 또 다른 사람은 변재원이다. 그는 행정학을
전공하던 학생이었다. 자기계발로 장애를 극복할 수 있다고
믿었던 청년이자, 장애인 차별의 문제를 구조가 아닌 개인의

---

*   같은 책, 6쪽.

문제로 이해했던 장애인이자, 투쟁하는 사람들과는 절대로
엮이지 말라고 신신당부하는 부모 밑에서 자란 자식이었다.

그러다 우연한 기회로 전국장애인차별철폐연대(이하
전장연)의 대표인 박경석을 만나게 된다. 박경석은 두 번째
만남에서 난데없이 "쿠오 바디스 도미네"라는 영문 모를
외국어를 냅다 외쳤다. 당연하게도 변재원은 당황하였고 할
말을 잃은 변재원에게 박경석이 설명한 외국어의 의미는
다음과 같다.
"주여. 어디로 가시나이까?"
그런 뒤에 박경석은 짧고 굵게 제안했다.
"활동합시다."

이토록 마력적인 박경석을 통해 변재원은 지난 삼십 년간
전장연이 해온 활동을 파노라마처럼 보게 된다. 한국
현대사를 처음으로 장애인의 관점에서 이해하게 되는
과정이었다.

《장애시민 불복종》[+]은 활동하자는 제안을 수락한 뒤에
겪은 일이 담긴 책이다. 모든 이야기는 변화에 관한

이야기지만 변재원이 전장연을 만나며 겪은 변화는 역시 특별한 데가 있다. 투쟁하는 힘이 곧 사랑하는 힘이란 걸, 그리고 사랑의 방식만큼이나 투쟁의 방식도 수백 수천 갈래로 창의적이란 걸 깨닫게 되기 때문이다. 변재원의 투쟁 스승 중 한 명인 활동가 박옥순은 사람들을 만나면 여유롭게 싱긋 웃으며 "투쟁입니다. 투쟁!" 하고 인사를 건넨다. 기분 좋은 아침 인사 하듯이. 그토록 무거운 단어를 그토록 일상적으로 산뜻하게 사용하는 누군가를 보며 변재원은 생각했다. 투쟁이 이렇게 즐거운 것이라면 모두가 흔쾌히 나눠 들 수 있는 짐일 수도 있겠다고.

변재원의 아버지는 데모하는 사람 근처에도 가지말라고 당부했으나 그의 삶은 투쟁꾼들로 풍요롭게 북적였다. 시간이 흘러 그는 아버지에게 이런 편지를 쓴다. 당신이 저상버스를 타거나 지하철 역내 엘리베이터를 탈 때 부디 기억해달라고. 교통약자의 해방을 위해 몸을 던지며 산 규식이 형을. 몹시 고독했을 그의 움직임을.

+　　변재원,《장애시민 불복종》, 창비, 2023년.

‘이동권’이라는 이름의 권리는 전장연 사람들이 죽고
다치고 투쟁하며 만들어낸 문화적 산물이다. 인생과
자신과 타인을 징하게 사랑하지 않았다면 결코 지속하지
못했을 활동 속에서 탄생했다. 정혜윤의 소설에서
사랑은 ‘감수하는 것’으로 정의된다. 변재원과 전장연의
스승들로부터 나는 사랑과 자유를 위해 무언가를
감수하는 온갖 방식을 배운다. 투쟁은 그런 것일 테다.

내 인생을
가로막는 사람

다음 문장에는 빈칸이 있다. '나의 ○○○ 이야기'.
당신이라면 무엇을 채워 넣을까. 빈칸에 들어갈 단어의
조건은 이렇다. "끔찍이 싫었지만 끌어안은 것. 나를 나로
만든 내 인생의 한가운데." 출판사 후마니타스에서 제작한
'나의 ○○○' 시리즈 설명 중 일부다.

곱씹을수록 위 두 문장이 만만치 않게 느껴진다. 싫어도
끌어안을 수밖에 없는, 숙명으로 받아들인 까다로운
일들이 모두에게 있을 테다. 내 삶의 핵심 주제를 채워
넣어야 하는 빈칸. 그곳에 '이동권'을 채워 넣은 사람에
대해 이야기하고 싶다. 어떤 인생은 이동권이라는 말 없이는
설명되지 않는다. 이동하는 것이 딱히 시련이었던 적 없는

자는 죽을 때까지 모를 일들을 그 사람은 안다.

'나의 이동권 이야기'를 시작한 그의 이름은 이규식이다.
어린 시절 규식은 제비가 집 짓는 과정을 뚫어져라
쳐다보며 자랐다. 달리 할 수 있는 게 없었기 때문이다.
가족들은 중증 뇌병변 장애인으로 태어난 그를 시골집에
남겨두고 날마다 일하러 나갔다. 활동보조 같은 개념은
아무도 알지 못했던 시절이라 가족들도 별다른 수가 없었을
것이다. 걸을 수 없는 규식은 어디에도 가지 못한 채 누워서
천장을 봤다가 마루로 기어나가 하늘을 보고 새들을 보고
뜨는 해와 지는 해를 보았다. 그렇게 방구석에서 유년기가
흘러갔다. 청년기에는 무려 십 년을 시설에 갇혀 살았다.
장애인들을 따로 격리하는 그곳에선 보호와 학대와 억압이
분리되지 않기도 했다. 서른 살이 되도록 규식은 운동이
뭔지 몰랐다. 농구나 배구 같은 것을 떠올릴 뿐이었다.
'장애운동'이라는 말을 들으면 장애인이 뭔 스포츠를 하나
싶었다.

1999년 어느 날 규식은 대학로로 향한다. 모처럼
친구의 공연을 보기 위해서였다. 집으로 돌아오는 길엔

승강장으로 내려가기 위해 휠체어 리프트를 이용해야 했다. 계단은 이용할 수 없고 엘리베이터는 올라오는 방향에만 설치되어 있었기 때문이다. 탈 때마다 요란한 효과음이 나서 수치스러워지는 열악한 휠체어 리프트에서, 그날 규식은 추락 사고를 당한다. 리프트의 안전장치가 너무나 허술했던 탓이다. 계단에 머리와 온몸을 부딪히며 떨어진 그는 병원에 실려 간다. 죽을 뻔한 사고였다. 규식이 입원해 있는 동안 들고 일어난 건 규식의 친구들이다. 다시는 이런 사고가 일어나지 않게 하자고 싸워준 덕분에 혜화역에는 전국 최초로 양방향 엘리베이터가 설치되었다. 장애인이 안전하게 오르내릴 수 있는 최초의 역내 엘리베이터와, 혜화역 2번 출구 바닥에 새겨진 이동권 투쟁의 동판은 규식과 친구들이 일궈낸 것들이다.

그들은 한국 장애인 인권운동의 새 역사를 쓴다. 또 다른 지하철역에서 리프트를 타다가 추락사한 장애인들, 버스도 지하철도 택시도 마음대로 탈 수 없는 장애인들, 시설에 갇힌 장애인들, 시설에서 나와도 자립하기 어려운 장애인들을 위해 규식은 마치 몽골의 걸출한 장수처럼 움직였다. 소설 《파친코》의 유명한 첫 문장은 규식의

삶에도 내레이션으로 흐를 수 있을 것이다. "역사가 우릴
망쳐놨지만 그래도 상관없다.(History has failed us, but
no matter.)" 왜냐하면 규식 또한 역사의 큰 물줄기를 몇
개나 가로막았으므로. 가로막는다는 동사는 그의 삶을
관통한다. 시대와 법과 공권력과 대중교통이 그를 가로막자,
규식은 버스와 지하철 앞에 드러누웠다. 버스의 가장
깊숙한 밑바닥으로 기어들어가 몇 시간을 버티기도 했다.

이동권 시위를 두고 도대체 왜 그렇게까지 싸우는 거냐고
묻는 이들에게 규식의 인생을 펼쳐서 보여주고 싶다. 모든
문과 계단과 작은 턱 앞에서 삶이 유예되는 장면을 그들
마음속에 그려주고 싶다. 나는 그것이 바로 책이라는
사실에 뭉클해지고 만다. 책은 그야말로 누군가의 인생을
펼쳐서 보여주는 직육면체다. 그가 매일 새벽 5시에 일어나
지하철 선전전에 나가면서도 남은 힘을 끌어모아 《이규식의
세상 속으로》[+]를 집필한 심정을 알겠다. 이 책은 그의
동지들이 함께 쓴 작품이다. 언어장애가 있는 규식의 길고
긴 이야기를 김소영, 김형진, 배경내가 전부 듣고 옮겨

[+]　이규식, 《이규식의 세상 속으로》, 후마니타스, 2023년.

적었다. 장애인에 관한 비장애인의 부족한 리터러시를 세 명의 작가가 메꾼 것이다.

비장하고 처절하기만 할 것 같은 투쟁의 현장에는 언제나 우스꽝스럽고 사랑스러운 일들도 함께 일어난다. 규식의 책에서 나는 투쟁의 여러 구석을 본다. 투쟁이 이토록 눈물겹다니. 투쟁이 이토록 웃기다니. 투쟁이 이토록 사랑과 우정이라니……

사는 내내 부당한 이유로 사법처리 중이었던 규식의 생애는 우리에게 일러준다. 소중한 것을 지키기 위해 싸움을 피할 수 없을 때 어떻게 뭉치고 흩어져야 하는지. 너의 해방이 어째서 곧 나의 해방인지. 이들 덕분에 겨우 진보해온 이동권의 역사를, 지하철에 오르내릴 때마다 생각한다.

두 엄마 밑에서 자랄
아이에게

혹시 혁명이라는 게 일어나고 있다면 나는 겨우 뒷줄에서
까치발을 든 사람일 것 같다. '이상하고 뛰어난 친구들아,
이번엔 또 뭘 해낸 거니?' 선구자가 쳐놓은 사고와 이뤄놓은
업적을 종종대며 따라가는 동안 혁명의 끄트머리에서 내
삶도 변해간다.

오랜 친구 김규진의 임신 소식을 듣던 밤, 나는 문득 더
강하고 웃긴 사람이 되고 싶어졌다. 규진이 이미 그런
엄마이긴 하지만 양육이 엄마들만의 책임이어서는 안 되기
때문이다. 엄마 친구로서의 나, 시민으로서의 나, 출산과
육아가 남 일이 아니게 된 작가로서의 나를 상상하면
저항과 사랑을 위한 체력뿐 아니라 고도의 유머 감각까지

필요할 터였다.

아직도 동성혼이 법제화되지 않은 이 나라에서 레즈비언
부부인 규진과 세연은 세금을 따박따박 내며 살아간다.
2023년 언론 인터뷰를 통해 규진의 임신 소식이 알려지자
축하뿐 아니라 무수한 악플도 달렸다. 진심 어린 걱정인지,
교묘한 비난인지 헷갈리는 댓글도 있었다. 아이가
차별받을까봐 걱정된다는 반응이 그중 하나다. 규진의
아내 세연은 "정말 저희 아이를 걱정하시는 거라면 같이
세상을 바꿔나가는 데 도움을 주시면 될 것 같다"고 차분히
대답했다.

팔짱을 낀 채로는 응원할 수 없다. 기후재난이 빈번하고,
후쿠시마 오염수 방류가 허가되고, 사람들이 일하다 죽고
괴로워서 죽는 이 나라에서도 아이를 낳기로 결심한 친구가
있다면, 무모하고도 용감한 그를 위해 궁리하고 싶을
따름이다. 나는 어떻게 힘을 보탤 것인가.

몹시 뜨겁던 어느 여름날엔 규진과 세연 부부의
베이비샤워가 열렸다. 지인들이 모여 곧 태어날 아이와

양육자를 축복하는 행사였다. 행사의 제목은 기막히게도 '대한민국 저출생대책 간담회'였다. 이들이 결혼 소식을 알리던 2019년엔 '동성애자들 때문에 가정이 무너지고 나라가 무너지고 출생률이 떨어진다'며 탄식하는 여론이 있었다. 그런데 오늘날 바로 그 커플이 출생률에 톡톡한 기여를 해버린 것이다. 물론 국가에 이바지하기 위해 결심한 임신은 아니지만 말이다. 진행을 맡은 발군의 사회자 금개는 이 자리를 두고 '인권 그 자체인 규진 부부가 대한민국 사회를 놀리는 자리'라고 농담했다. 전형성을 살짝 비튼 유머로 가득한 베이비샤워였다. 두 여자 중 왜 본인이 임신하기를 자처했냐는 사회자의 질문에 임신 팔 개월 차인 규진은 "와이프 힘들까봐 그랬다"고 대답하며 특유의 멋을 지독하게 고수했다.

부부는 이날 축의금을 일절 받지 않았다. 동성애 혐오 댓글을 단 악플러들에게 받은 합의금으로 준비한 행사였기 때문이다. 이들은 결혼과 육아의 궤도 바깥에 있는 사람들이 축의금의 굴레에 갇히지 않기를 바랐다고 한다.

이후 국회의원 장혜영이 준비한 간담회가 이어졌다.

대한민국 가족제도가 처한 현실에 관한 발제였다. 다양한
형태의 가족이 이미 존재하지만 그중 '법적 가족'으로
인정받는 경우는 일부일 뿐이다. 이전까지 가족은 그냥
주어지는 것이자 싫어도 감당하며 살아야 하는 혈연중심적
울타리였으나, 이제는 내 의지대로 가족을 택해도 보장받는
제도가 필요하다고 장혜영은 주장했다. 이러한 고민 속에서
그가 발의한 법안이 '가족구성권 3법'이다. 혼인평등법과
비혼출산지원법과 생활동반자법이 포함되어 있다.
국회에서도 누군가는 정상가족의 경계를 허물고 자신이
원하는 동반자와 안전하게 살아갈 권리를 위한 제도를
부단히 마련 중이다.

이어지는 축가에서는 민중가수 이랑이 〈좋은 소식, 나쁜
소식〉을 불렀다. 이 험한 세상에 함부로 새 생명을 낳지
말라는 의미의 가사가 반복되는 명곡이다. 이쯤 되면
손님들은 충분히 알아챈다. 규진 부부가 지지하는 넓은
세계를 말이다. 이들은 동성 커플이 결혼하고 출산할
권리뿐 아니라, 결혼도 출산도 가족도 택하지 않을 수많은
사람들을 위한 담론장에도 힘을 보탠다.

마지막 순서는 아기의 성을 공개하는 '젠더리빌'이었다.
규진은 말했다. "젠더란 아이가 나중에 스스로 정체화하기
전까지는 모르는 거 아닌가 싶다"고. 그래서 이 의례의
집행자로 드렉퀸 세레나와 레즈비언 루신다를 초대했다.
젠더를 횡단하는 이들에게 젠더리빌을 맡김으로써
베이비샤워의 뿌리 깊은 관례를 비튼 것이다. 두 사람이
공중에 매달린 피냐타 인형을 힘차게 두드리자 반짝이는
분홍색 종이들이 터져 나왔다. 세레나가 외쳤다.
"어머, 딸이야!"

사람들이 웃고 색종이가 벚꽃잎처럼 휘날리는 그 순간이
잠시 느리게 흘러갔다. 아이에게 다가올 혼란과 풍요가
어렴풋이 그려져서다. 그는 정말이지 다양한 모습의 이모와
고모와 삼촌 들 속에서, 간단히 설명되지 않는 어수선한
어른들 사이에서 자라게 될 것이다.

그 아이에게 사랑은 이렇게나 다양한 모양이라고 알려주고
싶다. 너의 두 엄마가 혁명의 앞줄에서 무얼 해냈는지도
증언해주고 싶다.

열두 명으로 보는
세계의 축소판

나의 최애 예능에는 열두 명의 출연자가 나온다. 거기엔
평생 친구 하고 싶은 사람이 있는가 하면 죽을 때까지
마주치고 싶지 않은 사람도 있다. 한마디만 듣고도 나는
그들이 대충 어떤 사람인지 알 것 같다고 생각한다.
하지만 회차가 거듭될수록 번복하고 만다. '나 이
사람들 잘 모르네.' 상종하기도 싫었던 이의 말에 어느새
고개를 끄덕이고, 미더웠던 자의 말이 실은 텅 비었음을
알아차리고, 딴 데서 만났으면 적이었을 자가 귀여워
보여서 당황스러워진다. 화제의 예능 〈사상검증구역: 더
커뮤니티〉(이하 〈더 커뮤니티〉)[+]를 보는 동안 내 안에서
벌어지는 일들이다.

열두 명의 출연자는 구 일간 한 공간에서 가명으로 생활한다. 밥해서 나눠 먹고 주간에는 노동하고 야간에는 익명으로 채팅창에 접속해 토론하는 식이다. 각자도생하며 최후의 일인이 되기 위해 애쓸 수도 있지만, 그러지 않을 수도 있다. 이 쇼에서의 생존은 반드시 혼자 살아남는 것을 의미하지 않는다. 나도 살고 너도 사는 시나리오를 고민할 수 있게끔 고안해두었다는 점에서 이 쇼는 다른 서바이벌 예능과 다르다. 하지만 당신도 상상할 수 있다시피 열두 명이 대화로 합의에 이르는 건 온몸이 배배 꼬일 정도로 지난한 과정이다. 차라리 혼자 싸우는 게 편하겠다 싶을 만큼.

게다가 이들은 서로 다른 배경과 정치적 입장을 지녔다. 찢어지도록 가난해서 직업군인을 선택한 사람과, 고급 중식당에서 베이징덕을 한 번도 못 먹었던 일화를 인생에서 유독 힘들었던 경험으로 꼽는 부잣집 자제 사이에는 아득히 깊은 강이 흐른다. 모두가 비슷한 월급을 받는

+　　권성민 등이 기획·연출한 정치 서바이벌 사회실험 예능으로, 2024년 1월에 처음 방영되었다.

국가에서 살고 싶은 사람과 절대 그러고 싶지 않은 사람
사이도 마찬가지다. 이토록 다른 사람들이 한 집단의
제도를 처음부터 만들어가는 꼴을 보고 있자면 민주주의가
얼마나 아름답고 복장 터지는 시스템인지 매 순간 실감하고
만다. 유튜버 꾕여가 이 예능을 본 지 오 분 만에 "현대
사회에 경외심 생겼"다고 코멘트했을 정도다.

싸움을 붙이는 것 같기도 하고 상호 이해를 장려하는 것
같기도 한 이 방송의 세팅 속에서 하마(작가)가 생활하는
모습은 흥미롭다. 그는 마치 좋은 만남을 위해 이곳에
온 것처럼 사람들을 대한다. 아침마다 모두에게 귀한
차를 내려주며 시간과 마음을 쓴다. 열두 명의 출연진 중
타인들을 가장 적극적으로 인정하는 인물이다. 거의 모든
면에서 반대 입장을 취하는 보수 남성인 마이클(레퍼)이나
반反페미니스트 여성 슈가(남성잡지 모델)와도 정중하고
즐거운 대화를 나누며, 예기치 못하게 등장한 이주민
바누(이란 유학생)도 격 없이 환영한다. 먼저 좋아하고
신뢰를 보이는 하마의 능력은 강점이자 약점으로 작용한다.

이 집단에서 대화의 반 이상을 주도하는 이는

슈퍼맨(국민의힘 정치인)과 백곰(더불어민주당 정치인)이다. 제일 치열히 부딪혀야 할 것 같지만 서로를 가장 잘 이해하는 관계이기도 하다. 둘 사이에 호환되는 특유의 관료적 언어가 있어서다. '너는 내 말 무슨 뜻인지 알지?' 하는 눈치가 이들 사이에 빠르게 흐른다. 이들의 화합은 재밌고도 두렵다. 고작 열두 명이 모인 집단이지만 백곰과 슈퍼맨의 주도로 순식간에 거대 양당제와 비슷해지는 모습이 현실과 너무 유사하여 놀라울 지경이다. 여의도에서 다듬어진 두 사람의 논리 정연한 말하기는 누군가가 입을 열기 전 망설이게 만드는 문턱일 것이다. 이들은 야심 차고 원대한 공약들을 내놓지만 필연적으로 누락되는 시민들이 생겨난다.

최태현은《절망하는 이들을 위한 민주주의》에서 한 집단의 대표란 무엇이이야 하는지에 대해 이렇게 사유한다. "대표란 내가 없는 곳에서 내가 존재하게 하는 것을 의미"[+]한다고. 의사결정에 직접 참여하고 있지 않은 이들이 마치 그 자리에 있는 것처럼 만드는 것이 대표의 역할이라고. 그러나

[+]　최태현,《절망하는 이들을 위한 민주주의》, 창비, 2023, 103쪽.

〈더 커뮤니티〉 리더들의 어떤 결정은 꼭 무도한 정권처럼 일부 시민을 더욱 없는 것처럼 만든다. 열두 명 중 누군가는 분명 다른 사람보다 덜 존재하는 듯하다.

정치는 한정된 자원을 재분배하는 문제이며 때때로 누구를 더 시급히 살릴지를 고민하는 일이다. 탈락 위기에 처한 낭자(경호원 출신 배우)의 생존을 두고 다 같이 토의하던 자리에서 묵묵히 듣던 슈가는 속으로 이런 생각을 한다. 누구를 살리냐 마느냐를 판단할 때 그의 '쓸모'가 기준이 된다는 게 무서웠다고. 바깥 세계의 슈가라면 여기까지 생각이 미치지 않았을 수 있다. 평소 그는 우파, 반페미, 부유층의 시민이다. 반면 현실의 자본을 손에 쥘 수 없는 〈더 커뮤니티〉 안에서 그의 위치는 소수자에 가까워진다. 그러자 위태로운 타인의 사정을 헤아릴 공간이 내면에 생겨난다. 누군가가 생전 관심 없던 남의 자리에 서서 세상을 다시 보는 광경을 탄생시킨다니, 나는 이 예능을 귀히 여기지 않을 수가 없다.

집단 내 불순분자 색출에 가장 열을 올렸던 마이클 역시 못 말리는 보수 음모론자처럼 보일 수 있다. 하지만 그는

이주민 바누가 왔을 때 제일 먼저 환대의 분위기를 제안한
사람이기도 하다. 그는 타국에서 소수 인종으로 살아본
적이 있다. 이민이 무엇인지 안다. 그가 모르는 이주민을
환대할 수 있는 것은 자기도 비슷하게 약해봤기 때문이다.
약해봤던 경험은 시민적 상상력이 된다.

한편 가장 풍부한 시민적 상상력을 지닌 하마 혼자 입을
다물었던 저녁도 있다. 모두의 현실 속 연봉이 공개되던
순간, 고소득자일수록 환호성을 받는 가운데 하마만이
말을 아낀다. 돈을 더 잘 버는 사람이 더 나은 사람일 리가
없기 때문이다. 하마는 기억해낸다.

우리는 이 기준으로 절대 범주화될 수 없는, 그렇게
스테레오 타입화될 수 없는 독특한 사람들이지. 나도
그렇지.

그는 사상 점수가 적힌 모니터가 가려지도록 천을 덮어둔다.
그리고 계산 없이 방문을 열고 나가서 사람들을 만난다.
각기 다른 동료들의 언어와 비언어에 담긴 메시지를 섬세히
캐치하고 특장점에 주목한다. 볼링을 치며 우정을 쌓았던

역사 속 사람들의 책을 소리 내어 낭독하면서, 우리가 모여
서로를 알아가고 좋아하게 되는 경험이 제도를 세우는
과정에도 도움이 될 것임을 넌지시 설득한다.

앞서 언급한 책에서 최태현은 야생지역 보존주의자이자
페미니즘 작가인 테리 템페스트 윌리엄스의 문장,
"인간의 마음이 민주주의 첫 번째 집"을 인용한다.[+] 나는
이 문장이 어떤 의미인지를 〈더 커뮤니티〉의 하마를 통해
어렴풋이 이해했다. 하마의 마음속에 타인을 들일 공간,
즉 민주주의의 집이 있다는 게 믿어져서다. 책은 묻는다.
우리가 문제를 해결했다고 착각하는 이유는 누군가를
진정한 동료 인간으로 인식하지 않았기 때문 아니겠느냐고.
나의 문제가 개선되는 사이, 누군가의 문제가 악화되는
삶의 역설은 빈번히 발생한다. 이 역설은 수많은 타인을
내 마음에 둘 때만 겨우 논의될 수 있다. 그러므로
민주주의의 마음을 지닌 자는 별 도리 없이 겸손해진다.

열두 명 중 미지의 상대를 향해 가장 크게 열려 있던

<hr>

+   같은 책, 39쪽.

하마의 눈동자를 본다. 그의 얼굴은 늘 홍조를 띠고 있다.
타인과 나 사이를 드나드는 일이 원래 열감을 나누는
일임을 알리듯 피부에 붉은색이 비친다. '열띠다'라는
동사가 얼마나 멋진지를 하마 덕분에 새삼 곱씹는다. 나는
이제 알겠다. 하마가 사는 나라에 살고 싶다는 것을. 하마가
살고 싶은 나라를 만드는 동료 인간이 되고 싶다는 것을.

하마의 탈락 이후, 쇼 안에서 하마의 존재감은 오히려 크게
느껴진다. 그가 하차한 뒤 더 이상 보이지 않는 것들이
바로 하마가 있게 했던 가치들이라서다. 제일 빨간 사상
점수표를 품고 있던 하마는 다양성의 대표자, '십'만큼
못 번 것에 낙심하는 대신 '팔'만큼 번 것에 만세 하는
소박함의 대표자, 낮잠 잔 뒤 반짝이는 정신으로 늘어놓는
뚱딴지 같은 소리의 대표자, 거짓말을 일삼는 자에게도
힘내라고 응원을 아끼지 않는 순진한 신뢰의 대표자,
그러면서도 정치인의 텅 빈 연설은 곧장 간파하는 민감성의
대표자, 어찌 됐든 사람들이 냉소하는 대로 관계 맺지
않겠다는 저항의 대표자였다. 그가 보여준 놀라운 시민성과
환대의 능력을 어떻게 잊을까 싶다.

덜 만들고
덜 사는 기쁨

엄마랑 구제 옷 쇼핑을 같이 다닌 건 열 살 때부터다. 헌 옷을 산 뒤 세탁해서 입는 일상이 우리 모녀에겐 익숙했다. 헌 옷은 크고 작은 하자가 있었지만 저렴했고 선택지도 많았다. 큰돈을 들이지 않고도 구제 시장의 풍요 속에서 멋을 부리며 살았다. 엄마와 나의 키가 똑같아진 고등학생 때부터는 서로 옷을 돌려가며 입기도 했다.

나는 엄마와 옷을 고르면서 하는 대화들을 좋아했다. 그것은 우리가 우리를 이해하는 과정이었다. 보여지고 싶은 방식, 체형, 콤플렉스, 자랑스러운 부위, 피해야 하는 스타일, 선호하는 색과 패턴, 편안하면서도 고유한 그 모든 옷차림들…… 그러나 옷을 입고 또 입고 골똘히 생각하다

보면 우리 자신에 대한 이해를 넘어서 세계에 대한 이해에 다다르게 된다.

전례 없이 많은 옷이 생산되고 버려지는 시대다. 패션 산업의 관점에서 지구본을 돌려보면 어마어마한 불평등을 세계 곳곳에서 맞딱뜨리게 된다. 옷을 소비하는 나라와 생산하는 나라 사이의 불평등. 파는 나라와 버리는 나라의 불평등. 우아한 쇼핑의 도시가 있다면 말도 안 되는 저임금을 받고 산재에 시달리면서 의류 공장에서 일하는 개발도상국이 있고, 어마어마한 섬유쓰레기를 감당하며 환경재난을 겪는 국가도 따로 있는 것이다.

이 모든 옷 난리와, "한 해에 옷 9200만 톤이 버려지는 와중에 신제품 1000억 벌을 아무렇지 않게 찍어내는 세상"에 회의를 느끼고는 옷 사기를 오 년째 멈춘 사람이 있다.《옷을 사지 않기로 했습니다》를 쓴 '당근' 콘텐츠 에디터이자 해양환경단체 활동가인 이소연이다. 그는 옷이라는 물질의 처음과 끝, 생산 과정에서의 노동 착취, 끝나도 끝나지 않는 섬유쓰레기 문제, 의생활의 패러다임 전환을 두루 탐구했다. 착취 없는 멋부림을 궁리하는 창의적인 책이다.

옷은 석유와 수많은 화학물질 등의 총합이므로 제작
과정에서 엄청난 양의 폐수를 발생시킨다. 의류 염색
공장은 주로 동남아시아와 중국에 위치해 있는데, 공장
인근의 강물이 그해 가장 유행하는 색으로 물든다고 한다.
의류를 지나치게 많이 생산하여 이윤을 독차지하면서
쓰레기와 생태계 파괴는 개발도상국에 전가하는 기업,
그리고 우리 자신의 소비 생활에 관해 이소연은 분석한다.

　유행이 지난 것에 금방 싫증을 느끼고 새로운 유행을
찾아 떠난다. 그사이 패스트패션 회사 CEO는 세계 오
위까지 부호의 자리를 지키며 배를 불리고, 저임금 국가의
노동자들은 착취당하다 죽음에 이르며, 눈덩이처럼
불어나는 섬유폐기물은 지구를 덮치고 있다.[+]

이소연은 자신의 수중에 있는 물건을 오랫동안 쓰는 것이
가장 좋은 제로웨이스트라고 말한다.

[+]　이소연,《옷을 사지 않기로 했습니다》, 돌고래, 2023년, 206쪽.

친환경이나 리사이클, 업사이클을 내세우는 제품 역시
완벽하지 않다. 한국환경공단 자원순환정보시스템에
따르면, 2022년 한 해에만 섬유폐기물이 36만 8397톤이나
발생했는데 그중 재활용된 폐섬유류는 고작 12퍼센트라고
한다. 윤리적 소비로 알려져 있는 폐페트병 티셔츠도
공정을 따져보면 사실상 친환경이라고 보기는 어렵다. 내가
애용하는 빈티지 의류는 패스트패션 산업의 최전선에
있지는 않아도 그와 긴밀한 관계를 맺고 있기는 하다. 옷의
생애를 조금 늘릴 수는 있겠으나 패스트패션의 근본적
대안이 되기는 어렵다. 국내 섬유쓰레기 중 빈티지 의류로
가는 비율은 고작 오 퍼센트 정도다.

내가 산 물건이 잘 재활용될 것이라는 기대는 대체로
현실이 되지 않는다. 옷이 또 다른 옷이 되는 이상적
순환경제가 아직은 가능하지 않은 시대다. 옷 생산량
자체를 줄이는 게 핵심이다.

매해 11월 마지막 주는 '아무것도 사지 않는 날Buy Nothing
Day'이라고 한다. 중고거래에 관한 이훤의 책《아무튼,
당근마켓》에는 이런 문장이 적혀 있다.

물욕이 생기면 스스로에게 말해줘요. 지금 있는 것만으로 충분해. 이거면 됐어, 하고 마음의 방향을 틀어요.[+]

무언가를 멈추는 일이 장마철에 빗방울을 피하는 것만큼이나 어렵게 느껴지는 세상이다. 빠르고 잦은 소비를 부추기는 방향으로 설계된 이 시대에서 착취에 덜 가담하려면 의지와 기쁨이 필요하다. 죄책감만으로 바뀌는 데에는 한계가 있지 않던가. 마음을 틀어서 새로운 쾌락을 연습해야 할 때다. 덜 사는 기쁨을 진정으로 알아가고 싶다. 그래야 덜 만들어질 테니까. 그래야 덜 버려질 테니까.

[+] 이훤,《아무튼, 당근마켓》, 위고, 2023년, 120쪽.

어떤 시인의
데뷔 방식

작가의 데뷔를 결정하는 사람은 누굴까. 데뷔
작가의 대부분은 출판사나 신문사 혹은 문학상의
심사위원들로부터 발탁된 바 있을 것이다. 입구가
바늘구멍처럼 작을수록 등용문은 멀어지고 높아지고,
그렇기에 더욱 권위를 갖는 것처럼 보인다. 편집자나
심사위원에게서 온 전화를 받는 이들은 극소수다. 선택받지
못한 나수는 포기히거나 재도전하며 특수한 시험대를
통과하고자 애쓴다. 그러나 누군가의 승인 없이 스스로
데뷔하는 작가들도 있다. 그들은 새롭게 길을 낸다.

2023년 12월 16일, 시인 계미현은 웹사이트 형태로 첫
시집을 발표했다. 디지털 영토 위에 지어진 이 시집엔 그의

글을 정확히 떠받치는 뼈대와 디테일이 넘치도록 훌륭하게
갖춰져 있다. 시집 제목은 범상치 않게도《현가家의
몰락》이다. 계미현은 이 형식을 웹시집이라고 부른다. 그의
시집을 종이책으로 먼저 볼 수 없다는 게, 그와 서둘러
함께할 출판사가 나타나지 않았다는 게 처음엔 서운했다.
또한 이토록 높은 품질의 텍스트와 이미지가 무료란 점이
동료로서 분통이 터졌다. 내가 돈에 대한 궁리를 하는 동안
계미현은 독자들을 향해 개미처럼 굴을 팠다. 아래쪽에서
쓴 시를 모아 가상공간을 지은 것이다.

그의 작품을 읽으며 나는 시집이 무엇보다도 공간임을
이해했다. 이것이 종이책의 이전 단계가 아니라는 것과,
그의 데뷔가 이미 독보적으로 완성되어 있다는 것도
알게 되었다. 계미현은 내 발밑으로, 기나긴 가부장제와
종차별주의와 자본주의의 발밑으로 깊고 넓게 구불구불
길을 내는 시를 쓴다. 우리를 약하게 하는 말들을 가지고
놀고, 부자들의 케이크 조각을 훔쳐 지하로 가져가고,
'무지무지 신맛'으로 돌려주는 글쓰기다.

비서구, 비남성, 비인간의 측면 돌파 같은 이 시집은 국문과

영문으로 동시에 발표되었다. 책 없이도 성대하게 치러진
《현가의 몰락》 낭독회에서 계미현은 말했다.

저의 중요한 정체성 중 하나는 아시아인이라는 것입니다.
시를 쓸 때 제가 아시아인임을 견지하고 쓰려고 노력해요.
백인 문화권에서 읽혔으면 좋겠다고 생각하며 쓴 시들이
많아서 영문으로도 번역했습니다.

그가 아시아인으로서, 남자 아닌 자로서, 그리고
곤충으로서 쓴 시들은 번역가 공민이 설계한 터널을 통해
책보다 빠르게 대륙을 횡단한다. 한국의 독자뿐 아니라
영어를 쓰는 백인 문화권에도, 자신이 주류임을 의식하지
않아도 될 만큼 숨쉬듯 주류인 사회에도 계미현의 시가
유통될 것이다. 웹시집에 수록된 계미현의 시 〈승은의
인사〉에는 이런 문장이 적혀 있다.

그리고 맘충
말 그대로 엄마벌레
내 아기벌레에게 충실한 엄마벌레
(…)

니 코딱지만큼

깨끗하고

니 코딱지만큼

작은

벌레

깨끗하게 작게

여기 있는 벌레

이 재밌고 통렬한 시에 관해 계미현은 덧붙였다.

> 충蟲이란 혐오표현을 꼭 시에서 한번 다루고 싶었어요.
> 왜 '충'을 혐오표현으로 사용하는지 이해가 안 됐어요.
> 저는 곤충을 너무 좋아하기에 곤충을 비유로 썼을
> 때 나쁜 뜻이 된다는 걸 처음엔 잘 납득할 수가
> 없었거든요. 제가 스스로를 '엄마 인간'이라고 했을 때
> 딱히 혐오표현이 되지 않는 것처럼, 곤충이 직접 말하게
> 해봐야 한다고 생각했습니다.

시인 김선오는 계미현의 시를 두고 "인간과 동물이 서로의
존재 위로 엎치락뒤치락하며 가변적 움직임을 만들어"내는

작업이라 해석했다. 계미현 시집에서 개미는 시를 위해
동원되는 타자에 그치지 않고, 시인인 동시에 화자로서
움직인다. 인간과 개미 중 어느 쪽인지 확신할 수 없게
불분명하게 그린 것은 의도적 선택이다. 계속해서 김선오의
문장이다.

우리가 인간의 죽음을 대하듯 비인간동물의 비극에
감응할 수 있다면, 이는 인간에 대한 우선순위를 빼앗는(-)
게 아니라 연결의 대상을 확장하는(+) 일이 될 것이다.

한편 계미현의 시를 리뷰한 번역가 소제는 마치 면허
제도처럼 글 쓰는 자격을 발급해온 한국 문학의 등단
시스템을 비판하며 다음과 같이 썼다.

계미현은 시를 쓰기 위한 면허가 없고, 공민한테 번역을
부탁했으며, 김선오에게 리뷰를 부탁했고, 나에게 공민의
번역을 리뷰해달라고 하여, 이를 웹사이트를 통해
선보인다. 무면허 시인. 이게 펑크지.[+]

데뷔라는 건 필연적으로 공동 작업이다. 완벽하게 혼자서

작가가 된 이를 나는 알지 못한다. 권위자들의 광채와
함께 높은 곳에서 데뷔하는 작가가 있는가 하면, 동료들과
지하에서 등장하는 작가도 있다. 후자의 인물들이 세상에
나타나는 모습에 나는 시선을 빼앗긴다.

계미현은 자신의 웹시집이 무료라서 자랑스럽다고 말한다.
시 창작 수업을 들을 돈이 없었던 사람, 원하는 만큼 시집을
살 돈이 없었던 사람은 그 자부심을 단번에 이해할 것이다.
아무런 입장료도 필요하지 않은 그의 웹시집 주소를 여기에
꾹꾹 눌러 적어놓는다. *thefallofthehyuns.net*[*]

   [+]   소제가 영어로 쓴 글을 공민이 우리말로 옮긴 것이다.
   [*]   이 아름다운 시집은 먼곳프레스에서 종이책으로 출간될
       예정이다.

내 인생을
멀리서 보는 일

가족에 관해 말한다는 것은 무엇일까. 이 질문을 던지기
훨씬 전부터 나는 가족 이야기를 쓰고 있었다. 고등학생 때
매주 제출했던 수필 원고에도 가족은 어김없이 등장한다.
왜냐고 묻는다면 일단은 나랑 먼 이야기를 지어내는 법을
몰라서였다. 어째서 〈나니아 연대기〉나 〈왕좌의 게임〉 같은
서사는 내 안에 씨앗조차 없는지 한탄스러웠다. 하지만
나를 키운 어른들에겐 재미있는 면이 아주 많았다. 안
쓰기엔 너무 웃겼다. 웃긴 만큼 눈물겹기도 했다. 가까이
사는 이들이 마침 흥미로웠으므로 별수 없이 그들을 보며
받아 적었다. 평이했던 문장("우리 엄마는 털털하다")에
시간이 흐르면서 유머와 거리감이 생겼고("퇴근한 복희는
자신이 하루 종일 신었던 양말 냄새를 꼭 맡아본다") 내가 자란

부품 상가 골목의 대가족을 조망하는 첫 문장("태어나보니
주변엔 온통 상인들뿐이었습니다")도 쓰여졌다.

애증의 대상인 가족을 서사화하는 작업엔 분명히 까다롭고
아슬아슬한 데가 있었다. 집집마다 말할 수 없는 사정이
있기 마련이니까. 과장과 축소, 그리고 적절한 생략은
불가피했다. 내 가족 이야기를 십 년쯤 거듭하여 새로
쓰고 각색하던 중 쑥쑥 자라난 소설이《가녀장의 시대》다.
이 이야기의 재료가 자기 인생임을 숨길 생각이 없는
작가들에겐 솔직하다는 평이 따르지만 그것은 루머에
가깝다.

"경험한 것만 쓴다"는 말로 널리 알려진 아니 에르노는
단연코 이 분야의 거장이다. 그러나 경험한 것만 쓴 글
중 형편없는 예시를 우리는 얼마든지 떠올릴 수 있다.
내가 아니 에르노에게 빠져든 건 솔직함이나 파격
때문이 아니라 그가 자기 인생과의 거리를 자유자재로
조절하기 때문이었다. 겪은 일을 현미경으로도 관찰하고
망원경으로도 관찰하는 특유의 시선은 책에서는 물론
다큐멘터리 영화에서도 드러난다.

다큐멘터리 〈슈퍼 에이트 시절〉[+]은 아니 에르노와 그의
아들 다비드 에르노가 공동 연출한 작품이다. 1970년대에
삼십 대였던 에르노 부부의 카메라에 담긴 영상들이
재료다. 둘 중 카메라를 쥐는 건 남편인 필립 에르노만
누린 특권이었다. 아니 에르노와 두 아들의 모습이 그에
의해 찍혔다. 신혼 초의 에르노, 자식들을 아끼고 집안을
돌보는 에르노, 한 번뿐인 사건들 속에서 행복한 에르노,
그러면서도 글을 쓰지 못해 초조한 에르노를 젊은 남편의
눈으로 본다. 에르노는 "책 한 권으로는 바라는 만큼
인생이 달라지지 않"음을 깨닫고 계속해서 다음 소설을
쓰며 나이 들어간다. 쓰면 쓸수록 남편과의 거리는
멀어지고 에르노가 화면 속에 등장하는 장면은 줄어든다.

이혼 후 남편은 에르노에게 양육권과 그간의 촬영본
전부를 남겼다. 에르노가 촬영본을 다시 꺼내든 것은
긴 세월이 흐른 뒤다. 어느새 남편이 죽고 없는 세상에서
재생하는 오래된 비디오. 믿을 수 없이 어려서 생경한

[+] 〈슈퍼 에이트 시절 The Super 8 Years〉은 1970년대 초부터
1980년대 초까지 슈퍼 8밀리미터 카메라로 촬영한 아니
에르노의 자전적 다큐멘터리로, 2022년에 상영되었다.

자신들과 당시로서는 알 수 없었던 진실들이 눈부시게
나타난다. 시간이 주는 거리감 때문이다.

에르노는 그 시절 영상을 편집하기 시작한다. 이제 그는
응시받는 자일 뿐 아니라 응시하는 자다. 시선의 권력을
지닌 채로 지난날을 증언하자 남편의 기록만으로는 짐작할
수 없었던 내면이 수면 위에 떠오른다. 휴양지에서 담담하게
아이들을 챙기는 듯한 영상 속 에르노를 보며, 영상 바깥의
나이 든 에르노가 이렇게 덧붙인다.

나는 수영장 끝에 앉아 책상 서랍 안에 두고 온 완성된
원고를 생각했다. 개학 전까지 타이핑을 마쳐야 했다.
그게 구원이길 바랐지만 이유나 방법은 몰랐다.

다큐멘터리 속 시간보다 먼 미래에서 들려오는 음성을
통해 관객들은 본다. 문학에 대한 열망과 격변하는 시대와
전통적인 성역할 사이에서 요동치던 여자의 눈동자를.

훗날 에르노는 노벨 문학상 수상 연설에서 '나는'으로
시작되는 말하기가 필요했다고 고백한다. 백인 남성주의적

세계에서 감각을 포착하는 탐색 도구로 일인칭을 활용하고
싶기 때문이었다. 빅토르 위고는 "우리 중 누구도 자신만의
삶을 사는 영광을 누리지 못한다"고 썼으나 모든 사건은
개인적인 방식으로 냉혹하게 체험된다는 게 에르노의
생각이다. 다만 책 속의 '나는' 어떤 식으로든 투명해진다면
독자의 '나는'도 그 자리에 들어올 수 있다고, 그렇게
일인칭은 보편에 도달한다고 에르노는 말한다.

주어를 바꿔가며 이야기를 각색하는 방법을 나는 여전히
배우고 있다. 가족들은 내 글에 영향을 미치고 내 글은
가족들에게 파장을 돌려준다. 에르노 다큐멘터리에 깃든
시간적 거리감이 모두에게 허락되진 않는다. 우리는 너무
많은 시간이 흘러가기 전에 여기서도 바라보고 저기서도
바라보는 수밖에 없다. 가장 잘 말할 수 있을 때까지 응시를
거듭하다 보면 작가는 어느새 자신의 인생과 조금 멀찍이
서 있게 된다. 내가 아는 재미있는 이야기는 대부분 그
자리에서 쓰였다.

심한 이야기를
위하여

드라마를 의미하는 한자는 '심할 극劇'이다. 글자의 구성을
쪼개면 호랑이와 멧돼지와 원숭이, 그리고 칼의 이미지가
보인다. 맹렬하게 싸우는 범과 시豕, 칼을 든 영장류가
만들어내는 속성은 긴장감일 것이다. 긴장은 갈등으로
이어지고 구경거리가 된다. 책이 아닌 드라마를 쓰면서
이러한 사실을 자주 곱씹고 있다. 드라마는 어떤 식으로든
심해야 한다는 것. 책에서라면 쓰지 않을 대사, 하지 않을
설정, 밀어붙이지 않을 싸움을 드라마에서는 한다. 극이란
그런 것이니까.

십수 권의 종이책을 왕성하게도 써왔지만 이야기는 여전히
미지의 영역이다. 내 작업은 이야기꾼보다는 문장에 관한

기술자 혹은 스타일리스트에 더 가깝지 않았을까 싶다. 양쪽을 무 자르듯 나눌 수는 없겠으나, 각본 집필 때문에 이야기꾼으로서의 자질을 처음부터 훈련하는 느낌이 드는 걸 보면 드라마는 분명 다른 역량을 필요로 한다.

《세상은 이야기로 만들어졌다》[+]는 인류가 박진감 넘치는 허구를 창조해온 역사를 탐구하는 책이다. 아주 먼 과거, 날마다 생존 투쟁에 임했던 선사 시대 부족에 허구는 딱히 쓸모가 없었을 것이다. "조심해. 저기 호랑이가 있어!"라는 말이 거짓말이라면 이유 없이 사람들을 불안하게 만들기나 할 테니 말이다. 그러나 혹한기를 지나며 인류는 '지금 이곳에 있지 않은 것들'을 말하기 시작했다. '현재 일어나고 있는 일에 대한 이야기'가 '과거에 있었던 일에 대한 이야기'로 바뀌고, 종국엔 '미래에 있을 수 있는 이야기'로 바뀌게 된 것이다. 그러자 언젠가 맞닥뜨릴지도 모를 호랑이를 대비하는 심신의 무장이 가능해졌다. 책은 이를 "과격한 정신의 도약"이라고

[+]   자미라 엘 우아실·프리데만 카릭, 《세상은 이야기로 만들어졌다》, 김현정 옮김, 원더박스, 2023년.

표현한다.

이 도약은 언어에 시제라는 개념이 편입된 덕분이고,
선조가 어떤 경험을 과장하고 축소하고 편집하기로 결정한
덕분이다. 조상들 사이에서 토끼보다 매머드가 많이 논의된
건 매머드가 마치 저 산만큼 커다랗다고 과장되어 묘사된
사실과 유관하다. 손에 땀을 쥐는 이야기 쪽으로 사람들의
귀는 열린다. 그런 식으로 생존을 돕는 허구가 발전했다.

오래된 신화 속 세헤라자드도 생존을 위해 이야기를
이어간다. 살인을 일삼던 왕도 세헤라자드만은 죽이지
못한다. 다음 이야기가 궁금했던 것이다. 가장 긴장되는
순간에 이야기를 끊는 것은 세헤라자드의 필승 전략이었다.
그리고 모든 드라마 작가는 세헤라자드처럼 일한다.

세헤라자드에게 왕이 있었다면 내게는 가상의 시청자가
있다. 그들은 미래에 산다. 미래로 가는 동안, 나는
스스로와 엄청나게 다툰다. 내게는 드라마 작가로서
치명적인 단점들이 있다. 우선 적이 누군지 모른다.
이야기에서는 물론이고 현실에서나 글 속에서나 늘

적개심이 부족하다. 지금껏 쓴 십수 권의 책에 이렇다 할 안타고니스트[+]가 한 명도 없다는 게 새삼 이상하다. 또한 갈등을 너무 빨리 봉합한다. 드라마 집필의 최대 방해꾼은 낙천적이고 실용주의적인 나다. 일부러 힘쓰지 않는 한 나는 인물들을 즉각 화해시키고 쉽게 용서한다. 난처한 상황은 지름길로 돌파하며 갈등을 최소화시킨다. 그동안 내 문장은 좋아하는 대상을 아름답고 정확하게 묘사하는 방식으로 특화되어왔다. 인물을 위험에 처하게 하는 일에는 영 젬병인 작가인 것이다.

그러던 어느 날 오랜 친구이자 동료 작가인 양다솔은 말했다. "네 안에 사는 나를 좀 꺼내봐. 나는 언제나 문제를 일으키고 사고를 치잖아." 과연 양다솔의 인생은 바람 잘 날 없었다. 나에게 없는 심한 구석이 그의 삶엔 가득했다. 그날 이후로 드라마가 막힐 때마다 친구라면 어떻게 이 상황을 꼬거나 망쳤을까 상상한다. 그럼 정신이 갑자기 과격하게 도약한다. 겪지 않은 갈등이 풍성하게 생겨나고 식은땀

<hr>

+ 안타고니스트antagonist는 작품 속에서 대립 인물, 즉 주인공에 대립적이거나 적대적인 관계를 맺는 인물을 말한다.

나는 대사들이 쓰인다. 나는 친구의 힘을 빌려 내 글이 드라마틱해지는 그 순간을 아주 좋아한다.

거의 모든 이야기의 주인공들은 변화를 향해 제 발로 걸어 들어간다. 주인공을 주인공으로 만드는 건 바로 이 능동성이다. 이제는 주인공들이 폭풍의 눈으로 향하도록 이끌고자 한다. 한자 속 호랑이와 돼지와 칼을 보며, 세헤라자드와 내 가슴속 사고뭉치 친구들을 떠올리며 드라마를 쓴다. 그리고 나니 소설로 써서 이미 다 안다고 생각했던 인물들을 더 속속들이 이해하게 된다. 각본으로 옮겨진 인물들의 눈동자는 책에서보다 더 심하게 요동친다. 갈등하는 눈동자란 어떤 식으로든 흔들릴 수밖에 없다.

이렇게 다시 만든 이야기를 들고 내가 향하려는 곳은 저잣거리다. 시장에서, 할머니의 수영장 탈의실에서, 할아버지의 등산로에서, 친구들의 카톡창에서 내가 만든 심한 이야기가 오르내리기를 꿈꾼다. 쉽고 낮고 속된 말로 마구 해석되면 좋겠다. 그렇게 유통되는 몹시 상스러운 드라마 안에, 몹시 성스러운 진실을 숨겨두고 싶다.

편집자가
눈에 선해지기까지

한창 책을 만드는 시기엔 꿈에 꼭 편집자가 등장한다.
꿈속에서 편집자는 휴양지로 도망친 나를 기어코
찾아내거나(도대체 어떻게 알고 오셨을까) 별 수확이 없을
게 뻔한 나의 텃밭을 둘러보며 해결책을 강구하고(마냥
송구하다) 혹은 별말 없이 내 책상 근처에 앉아 그저
커피를 홀짝이곤 한다(실은 이 경우가 가장 신경 쓰인다).
무의식에서도 편집자가 보일 만큼 출간 과정 내내 그를
의식하며 지내는 것이다. 문학 편집자로 일하는 사람들을
두려워하고 신뢰하기 때문이다. 이들이 글을 읽고 돌려주는
피드백에는 대부분 고개를 끄덕이게 된다.

데뷔 전부터 여러 편집자들 근처를 맴돌았다. 무수한

작가들의 팬인 나는 여러 편집자들에 관해서도 팬이 될
수밖에 없었다. 책을 읽다 보면 본문은 물론이고 편집과
디자인과 제작 등 모든 세부사항에 반할 만한 작품을 종종
만난다. 그럼 맨 뒷장의 판권면을 살펴보고 싶어진다. 엔딩
크레딧이 다 올라갈 때까지 영화관에 앉아 있는 시네필들의
마음과도 비슷할 듯하다.

대개 판권면에는 담당 편집자의 이름이 작게 적혀 있다.
책이 소중한 만큼 그 이름도 소중해지고, 좋아하는
영화감독의 필모그래피를 외우듯이 특정 편집자가
만든 책의 목록을 외우며 그를 좋아하게 된다. 서점의
도서 검색란에 저자, 책 제목, 출판사뿐 아니라 편집자와
디자이너, 마케터와 같은 출판노동자의 이름을 넣어보는
상상을 한다. 이들의 작업 역사를 더 수월하게 쫓고
싶어서다. 편집자를 믿으므로 책을 사는 독자도 있을
테니까.

어렸을 때 장래 희망을 적으며 상상했던 작가는 주로
혼자인 사람의 모습이었다. 그러나 책을 한 권만
만들어봐도 얼마나 많은 전문가가 이 일에 참여하는지

알게 된다. 집필과 출간을 둘러싼 북적임에 관해 더없이 잘 다룬 작품은 이달 초 완결된 마츠다 나오코의 만화 《중쇄를 찍자》다. 만화잡지 편집부가 배경이지만 문학출판 편집부와도 닮은 점이 많다. 이렇게까지 책을 만드는 사람이 어디 있겠느냐고, 역시 만화는 과장된 데가 많다고 누군가는 말하겠지만 나는 알고 있다. 정말로 이렇게 일하는 동료들을. 주인공 쿠로사와처럼 열과 성을 다해 원고를 보고 더 좋아질 수 있는 부분을 짚어내는, 퇴근 후에도 책 생각을 하는 것이 분명한 사람들이 출판계엔 수두룩하다.

물론 나는 이들과 때때로 충돌한다. 우리를 갈등하게 할 항목들은 아주 많다. 책 제목과 표지디자인, 띠지 제작 여부뿐 아니라 본문 여백과 가름끈 색깔, 그리고 0.5포인트의 글자 크기가지고도 의견이 엇갈린다. 이 책을 끝으로 다시는 상종하지 않겠다고 다짐하는 작가와 편집자 들을 쉬이 그려볼 수 있다. 하지만 책의 디테일에 이만큼 집착하는 인구는 애초에 아주 소수다. 여러 고생 속에서도 언제나 편집자들과의 대화로 돌아가고 싶어지는 건 이들의 독특한 전문성을 몹시 아끼고 존경하기 때문일 것이다.

편집자 때문에 글이 시작되는 순간도 잦다. 그와 다시
일하고 싶으니까. 그러려면 우리 사이에 양질의 원고가
있어야 한다. 물론 원고 없이도 밥을 먹고 차를 마실 수
있겠으나 그것은 최고의 만남이 아니다. 양질의 원고가
있어야만 그와 나의 관계는 최대로 발휘된다. 하지만
365일 좋은 원고를 써내는 작가는 드물다. 편집자와 나의
관계에 어쩔 수 없이 성수기와 비수기가 있다는 의미다.
편집자가 나 아닌 작가들의 뛰어난 책에 몰두하는 동안,
나는 미련 남은 전 연인처럼 문자 보내지 말고 그저 새
작품을 써야 한다. 《중쇄를 찍자》 속 스승 미쿠라야마는
슬럼프에 빠진 작가에게 단호히 말한다. 작가는 반드시
똑바로 철저하게 보아야 한다고. 살면서 보고 생각한
것들이 전부 작품으로 흘러나오는 법이라고.

편집자들의 노동이 눈에 선해지게 된 시기는 내가
출판사를 직접 운영한 이후부터다. 그들이 하는 일을
주먹구구식으로나마 직접 해보고 나서야 알게 된 것이다.
이것이 얼마나 징하게 어렵고 아름다운 기술인지를.
출간은 해보기 전엔 보이지 않는 수고로 가득하다.

판매와 존엄을 따로 놀게 하지 않는 편집자들에게 나는
최선의 원고를 보내려고 애쓴다. 그럼 편집자는 내 글을
본다. 그냥 보지 않고 열과 성을 다해 본다. 그 순간부터
이미 책은 나만의 것이 아니다. 우리의 것이다. 저자가
직접 할 수 없는 온갖 노동으로 책의 앞뒤를 책임지는
출판노동자들의 하루를 헤아리는 게 작가의 일 중
하나라고 믿는다.

당신의 동시대인이라는
영광

'거대한 동시대인'이라는 말을 만지작거린다. 마거릿
애트우드의 책《타오르는 질문들》에서 발견한 표현이다.
이 책에는 시몬 드 보부아르에 관한 글이 실려 있다.
애트우드가 거장일 때 쓴 원고인데도 보부아르를 향한
흥분감이 역력하다. 1960년대 토론토에서 대학을 다니던
젊은 애트우드에게 프랑스 실존주의자들은 숭배의
대상이었다. 카뮈와 베케트와 사르트르 같은 명사들
사이에서 여자는 딱 한 사람뿐이었고 그게 보부아르였으니
그에 대한 애트우드의 선망을 쉬이 짐작할 수 있다. 스무
살의 애트우드는 생각했다.

초특급 지성들이 모인 파리의 올림포스산에서 한자리를

차지한 여성. 그녀는 얼마나 겁나게 억센 사람일까! (…)
뼈 있는 말들, 지분대는 손 갈기기, 태평한 연애 한 번,
두 번, 또는 스무 번…… 그리고 영화에서처럼 흡연도
필수였다.[+]

보부아르를 떠올리면 도시적이고 맵시 있고 쿨하고
지성이 흐르는 이미지들이 뒤따랐으나 애트우드의 생활은
그와 거리가 멀었다. 그는 파리로 가는 게 로망인 토론토
청년이었고, 살롱 테이블에 자연스레 섞일 만한 옷은 한
벌도 없었으며, 담배를 멋지게 피워보려 해도 쿨럭쿨럭
기침이 나왔다. 애트우드는 캐나다 촌뜨기인 자신을
실감했다. 훗날 노년이 된 그는 이렇게 쓴다.

시몬 드 보부아르가 왜 그렇게 두려웠나요? 여러분은
쉽게 물을 수 있다. 여러분에게는 거리감이 주는
이점이 있다. 죽은 사람은 산 사람보다 본질적으로 덜
무섭다. 특히 후대의 전기 작가들이 애초에 미화됐던

[+]   마거릿 애트우드, 《타오르는 질문들》, 이재경 옮김,
　　위즈덤하우스, 2022년, 615쪽.

면들을 깎아 원래 크기로 줄여놓고 심지어 결함까지
꺼내놓았다면 별로 무섭지 않다. 그러나 내게 보부아르는
거대한 동시대인이었다.[*]

보부아르가 살아 있을 때 《제2의 성》을 끝까지 읽었을
애트우드라는 작가 지망생을 상상한다. 역사 속 위대한
저자들을 헤아릴 때 누군가는 애트우드와 보부아르를
동시에 떠올릴 테지만 그들 사이엔 시차가 있다. 애트우드는
1939년 캐나다에서, 보부아르는 1908년 프랑스에서
태어났다. 거의 엄마뻘이었기 때문에 애트우드는
보부아르의 생과 자기 엄마의 생을 비교하곤 했다. 두 여자
모두 어린 시절에 제1차 세계대전을, 어른이 되어 제2차
세계대전을 겪었다는 공통점이 있지만 전쟁의 중심지에
더 가까웠던 곳은 프랑스다. 냉혹하고 준엄한 보부아르의
시선은 프랑스가 겪은 참상과도 관련이 깊다. 한편 애트우드
엄마에겐 냉철한 시선이 결여되어 있었다고 회고한다. 그의
엄마는 캐나다의 시골에서 말을 타고 스케이트장을 누비는
말괄량이였다.

   [*]   같은 책, 616쪽.

어머니에게는 소매를 걷어붙인 쾌활함, 징징대지 않는
현실성을 체화했다. (…) 존재의 가혹함에 압도당한
적이 있는가? (…) 내적 진본성, 또는 의미를 찾기 위해
몸부림친 적은? 상류 유산계급의 얼룩을 영원히 씻어내기
위해서 얼마나 많은 남자와 잠자리를 해야 할지 고민한
적은? (…) 우리 어머니라면 이렇게 대답했을 것이다.
"맑은 공기 속에 속보 산책을 한번 해봐요. 기분이 훨씬
나아질 거예요." 내가 울적한 지식인 모드로 청승을 떨 때
어머니가 해준 조언이다.[+]

이 부분을 읽다가 웃음을 참는 데에 실패했다. 애트우드의
엄마와 우리 엄마가 놀랍도록 닮아서다. 우리 엄마는 세상
대부분의 문제를 현미밥과 된장국으로 해결할 수 있다는
듯이 말한다. 내가 글을 못 쓸 때에도, 관계를 망치고 있을
때에도, 중대한 계약을 앞두고 스트레스에 시달릴 때에도
엄마의 입장은 한결같다. "요새 현미밥이랑 된장국을 덜
먹어서 그래." 그는 언제나처럼 밥을 안치고 냄비에 된장을
푼 뒤 콧노래를 부르며 제철 채소를 다듬기 시작한다. 못난

+   같은 책, 619쪽.

딸들이 으레 그러듯이 나는 작가로서의 내 결함(충분히 첨예하지 않음, 유치함, 사유의 길이가 짧음 등)이 모두 저 여자 탓이라고 생각했다. 그가 물려준 엄청난 단순함과 명랑함이 아주 보잘것없는 장점 같았다.

애트우드에게 보부아르가 있듯 나에게도 있다. 징그럽게 똑똑한, 내가 절대로 쓰지 못할 문장을 쓰는 동료 작가들이. 그들은 시시각각 나를 작아지게 한다. 그러나《타오르는 질문들》을 선물하고 보부아르에 대한 애트우드의 헌사를 소리 내어 읽어준 것도 살아 있는 동료들이다. 그들을 선망하고 두려워하면서 배웠다. 우리가 가진 것과 가지지 못한 것. 양쪽 다 글감이 된단 걸. 문학에선 풍요와 결핍을 무 자르듯 나눌 수 없단 걸. 나는 엄마의 생명력 덕분에 작가가 되었단 걸.

이런 진실은 거대한 동시대인들과의 비교를 통해서만 알게 되고, 친구들 없이는 한 발짝도 나아가지 못할 거란 확신은 점점 더 굳건해진다. 모든 작가는 어떤 작가 때문에 작가가 되었다. 마거릿 애트우드 역시 그랬다는 게 내게는 엄청난 용기다.

우리는 왜 번거로운
사랑과 우정을 해야 할까[+]

안녕하세요. 이슬아입니다. 여러분께 잘 보이고 싶은 마음에
치마를 언밸런스 라인으로 찢어봤어요. 머리카락도 모처럼
오일을 발라 웨트헤어 스타일로 손질해봤는데요. 욕심이
과했나 봐요. 머리에 기름을 너무 많이 묻혔는지 계속
저한테서 고소한 냄새가 나네요. 네이버 사옥이라는 큰
무대에서 주어진 삼십 분을 정말 알차게 써야 할 텐데……
그럴수록 왜 이런 얘기나 하고 싶은 충동이 드는 걸까요.
직전에 강연하신 황석희 번역가님 말씀처럼 이것도 인간의
비합리성이겠지요.

[+]　　2025년 9월 25일, 네이버가 주관한 〈2025 '물음' 세미나〉에서
　　　진행한 동명의 강연을 다듬어 옮겼다.

제 직업은 긴 글을 쓰는 일이에요. 최근 들어서는 드라마 각본도 쓰고 아이돌 가사도 쓰지만 뭐니 뭐니 해도 종이책을 만드는 게 본진인 출판인이자 저자입니다. 모두가 숏폼을 보기에도 바쁜 세상에서 문학이라는 롱폼으로 승부를 보겠다는 야망을 품고 있습니다. 독서율도 종이책 판매량도 떨어지는 시대의 흐름 속에 딱히 전망이 좋아 보이지는 않지만 누구에게나 무모하게 지키고 싶은 장르가 하나쯤 있기 마련이죠. 그게 제게는 문학입니다.

인간이 이야기를 하는 동물로 진화한 데에는 이유가 있을 거예요. 그것은 이야기가 사치가 아닌 생존 전략이라는 의미일 것 같습니다. 인류는 공통으로 믿는 허구를 발명하여 문명을 이룩했고 자신의 속한 집단의 규모와 힘을 키워왔지요. 현대로 올수록 이야기 자체가 커다란 산업이 되었고요.

저는 지난 몇 년간 대자본이 투입되는 이야기 산업의 신인으로서 고군분투해왔어요. 드라마 업계에 성공적으로 진입하기 위한 이야기, 팔릴 만한 서사, 자본을 투자받기 좋은 그럴싸한 드라마 각본을 쓰기 위해 애썼죠. 어느 정도

능숙해지면서, 동시에 마음 한구석이 좀 마비되고 고장 난 어른이 되어가면서 분주하게 이야기를 쓰고 고치는 일상을 살고 있습니다. 극도의 효율을 추구하고 시간을 인색하게도 쪼개 쓰면서요.

이런 저의 일상에 예고 없이 끼어드는 타인들이 있어요. 바로 제 친구들이죠. 이놈의 친구들은 크고 작은 사건을 전하며 집중력을 흐트러뜨립니다. 흥미롭기도 하고 짜증스럽기도 한 이야기들이에요. 저는 별수 없이 듣습니다. 사랑과 우정의 반은 사실 듣는 일이잖아요. 듣다 보면 그들의 인생과 어느 정도는 연루되고 말아요. 운이 나쁘면 제가 함께 수습해야 할 일도 생기고요. 대화라는 게 이어가면 이어갈수록 어느새 마음이 쓰이고 책임감이 생겨버리죠. 그것은 이야기를 들은 자의 업보일 거예요. 그렇게 시간을 쓰다 보면 저의 집필과 업무는 수시로 중단되고 맙니다. 수시로 다짐해요. 이 귀찮은 우정……
신경 끄고 앞으로는 단호하게 내 일에 집중하겠다고.

정말 그러려고 했는데, 어느 저녁엔 도저히 무시할 수 없는 연락을 받았어요. 가장 친한 친구에게 닥친 비보였지요.

삶에는 그렇게 슬픈 일이 일어나곤 한다는 걸 우리가 이미
안다고 생각했는데 아니었어요.

어떻게 해야 할지 모르는 채로 우리는 일단
만났습니다. 잘은 몰라도 슬퍼하는 친구를 일단 한 번
껴안아야겠으니까요. 뭐라도 해주고 싶었던 친구들 다섯
명이 친구네 집 식탁에 모여 앉았어요. 친구의 얼굴은
눈물이 젖었다가 마르기를 반복한 얼굴, 우리가 오래
봐왔고 익히 아는 바로 그 얼굴이었지요. 누가 봐도
첫 번째로 슬픈 사람일 그 친구는 울다가도 시큰둥히
말했어요. "똥 밭을 굴러도 이승이 낫다는 말 있잖아. 바꿔
말하면 이승이 똥 밭이라는 뜻 아닐까?"
실없는 농담을 하는 친구네 집에서 우리는 떡볶이랑
튀김을 시켜 먹었습니다. 후식으로 빵도 먹었어요.
아주 맛있었고요. 이렇게 말해도 될지 모르겠지만 참
재밌었지요. 엄중하게 슬픈 계기로 모이긴 했어도 사실
하나같이 웃긴 애들이거든요.

친구의 고통 때문에 모인 자리에서 우리가 아주 많이
웃었다는 것. 친구가 눈물을 참지 않았던 것만큼이나

중간중간 웃고 싶은 마음도 참지 않았다는 것. 그것에
대해 계속 생각하고 있어요. 친구의 슬픔을 가벼이 여겼던
게 아니라 그게 우리가 친구를 사랑하는 방식이자 삶을
소중히 여기는 방식이란 걸 다들 알았던 거예요. 눈물과
코미디가 동떨어져 있지 않고 음식과 쓰레기, 삶과 죽음도
너무나 가까이 있단 걸 느낄 수가 있었어요. 그들과 함께
있는 내내요. 여의치 않은 사정 속에서도 호사스러운
위로를 나눌 수 있단 걸, 그날 저녁에 알았어요. 일 미터도
안 되는 거리에 마주 앉은 친구들의 얼굴을 보며 속으로
이렇게 중얼거렸던 것 같아요.

우정이란 자세히 알게 된다는 거야. 자세히 알게 된다는 건
귀찮아진다는 거야. 모른 척할 수 없기 때문이야. 친구네 집
개수대에 잔뜩 쌓인 밥공기와 식기를 발견했을 때 타박하고
싶기는커녕 그냥 마음이 찌르르 아픈 일인 거야. 말없이
그 설거지 뚝딱 대신해주고 싶어지는 거야.

불행인지 다행인지 제 친구의 집에는 에이아이 식기세척기
같은 건 없어요. 저희 집도 마찬가지고요. 기술의 발전이
모두의 일상에 평등하게 반영되지는 않을 테고, 첨단을

향해 갈수록 사람들 사이 계급 차가 오히려 선명히
드러날지도 모르겠어요. 어떤 인간들은 살아남고 어떤
인간들은 더 주변부로 밀려날 거라는, 발 빠르게 똑똑해
보이는 진단들 앞에서 저는 어쩐지 자꾸 사소해 보이는
질문만 하고 있어요.

나는 누구와 함께 밥을 나눠 먹고 치우고 싶지? 누가 슬플
때 곧장 그의 곁으로 가고 싶지? 기쁨과 슬픔과 웃김과
더러움을 기꺼이 공유하고 싶은 타인이 누구지? 그를
위해서라면 왜 기꺼이 번거로움을 감수하고 싶어지지? 그들
때문에 마음이 달그락거리는 감각. 이걸 대수롭지 않게
여겨서는 안 된다는 직감이 들어요.

이미 도래한 에이아이 시대에 사람의 존엄을 어떻게
지켜나갈지 이야기해보고자 이 자리에 서 있는데요.
저 역시 별수 없다는 얼굴로 에이아이를 매일 쓰고 있어요.
다양한 용도로 요긴히 활용해요. 앞으로는 더 많은
대화를 나누게 될 거고요. 모두에게 에이아이 기반의 코어
파트너가 생긴 시대를 살게 되겠죠. 마치 전기가 발명되기
전의 인류를 상상하듯 미래의 인간은 이렇게 중얼거릴지도

모르겠어요. "옛날엔 에이아이 없이 살던 사람들도
있었대잖아." 친구들과 달리 불필요하게 제 업무를
방해하지도 않고 대체로 도움이 되기만 해요. 실제 인간과
대면하여 소통하는 것과 비교하면 에이아이는 비교가
무색할 정도로 효율적이죠.

그럼에도 실제 몸뚱아리를 가진 인간과 만나는 수고는
계속될수록 좋다고 생각해요. 에이아이와 맺는 관계를
사랑과 우정이라고 하기엔 무리가 있으니까요. 내가
상대로부터 버려질 위험이 없는 관계는 사랑과 우정이
아니죠. 우리는 에이아이로부터 거절당하지 않아요. 그렇기
때문에 마음껏 무례해지기도 하고 상당히 착취적인 태도로
서비스를 이용하죠. 이렇게 구는데도 실망당할 위험,
차일 위험, 손절당할 위험이 없다니. 그게 어떻게 사랑과
우정이겠어요.

사랑과 우정은 아주 까다롭고 어려운 것이잖아요.
내가 좋아하는 상대가 참을 수 없는 짓은 절대로 하지
않기 위해 섬세하게 유의하며 관계를 쌓아나가야 하죠.
그 노력 때문에 겨우 나은 동료 인간으로 거듭날 수

있고요. 에이아이와 맺는 것도 물론 관계이기는 하지만 우정이라기보다는 서비스겠죠. 이 관계에서 우리는 소비자 이상이 되기가 어려워요.

에이아이의 '약하지 않음'도 주의 깊게 살펴봐야 할 부분일 것 같아요. 인간은 훨씬 한계가 많잖아요. 우리는 참을성의 한계도 있고, 체력의 한계도 있고, 밥을 한 끼만 굶거나 잠을 하루만 설쳐도 인품이 나빠져요. 약하게 태어나서 약하게 죽고, 언젠가 반드시 삶이 끝난다는 한계도 있죠. 그런데 바로 그 한계 때문에 발생하는 아주 중요하고 소중한 것이 있지 않은가 질문해보는 거예요.

〈장송의 프리렌〉에서는 시간을 거의 무한으로 쓸 수 있는 주인공 프리렌이 나오죠. 시간의 한계, 몸의 한계, 죽음이라는 한계가 없던 주인공이 처음으로 인간의 시간을 헤아리기 시작하면서 후일담 같은 여행을 시작해요. 그리고 알게 되죠. 인간은 시간이 제한되었기 때문에, 일찍 늙어 죽기 때문에, 그러니까 약하기 때문에, 그래서 해낼 수 있는 엄청 대단한 일들이 있었다는 걸요.

한계를 가진 친구와 나에 대해 생각하느라 멍해지는
동안에도 이야기 산업에서의 각본 회의는 살벌하게
진행되고 있어요. 회의에서는 이런 얘기가 오가요. 드라마란
무엇이냐. '주인공이 무언가를 강렬히 원하는데 그걸
이루기가 정말로 어렵다'라는 구조를 가진 이야기지요.
시나리오 대가들의 고전적인 정의예요. 사람들은 누군가의
분투를 보고 싶어 해요. 진짜 분투요. 저는 여기서 약한
인간의 가능성을 봐요. 있는 힘을 다해서 노력하는 것이
분투라면, 분투란 약한 자들만 할 수 있지요. 분투하는
서사의 주인공들은 여전히, 그리고 아주 먼 미래까지도
인간일 수밖에 없지 않을까요.

문학은 오랫동안 인간의 강인한 면뿐 아니라 약한 면을
아주 소중히 다뤄왔어요. "도대체가 번거롭게 사랑과
우정을 왜 해야 돼?"라는 질문은 "도대체 번거롭게
문학을 왜 읽어야 돼?"라는 질문과도 맞닿아 있습니다.
저의 목구멍에서 직관적으로 이런 대답이 튀어나오네요.
"그야…… 안 하면 모르니까"라는 대답이요. 좋아하지
않으면, 사랑하지 않으면, 공들여 읽지 않으면 영영 모를
세계가 있지요. 모르는 것에 대해서는 함부로 말하기가

쉽고요. 하지만 어떤 사람을 깊이 좋아하고 사랑할수록
그에 대해 간단히 함부로 말하기가 점점 어려워지잖아요.
헤아리게 되면 차마 그렇게는 못 내뱉겠는 말들이
생기고요.

그런 점에서 문학을 읽는다는 것은 사랑과 우정을 깊이
경험하는 일과 닮아 있다고 생각해요. 우리는 고작 자기
자신으로만 살다 가요. 나 아닌 사람의 눈으로 세상을
보기란 거의 불가능한 일이에요. 그 어려운 시도를
계속하는 게 문학의 도전이죠. 실패했든 성공했든 간에,
대부분의 책에는 모르는 삶을 최대한 섬세하게 헤아리려는
흔적들이 담겨 있어요. 김애란 작가님은 "'모름'의 렌즈로
봐야만 비로소 알게 되는 것들이 있"[+]다고 쓰셨어요.
'너라면 어떻게 느낄까?'라는 질문을 관두지 않는 성실함이
사랑하는 자와 쓰는 자와 읽는 자가 공유하는 무언가라고
생각해요.

수많은 직업처럼 작가도 타인 없이 성립조차 안 되는

[+]   김애란, 《안녕이라 그랬어》, 문학동네, 2025년, 317쪽.

직업이에요. 저는 '모른다'라는 말을 아끼는데요. 그 말에
관해서라면 외우고 다니는 두 문장이 있어요. 뮤지션이자
작가이자 책방 주인인 요조 님이 쓴 두 줄이죠. "모른다는
말로 도망치는 사람과 모른다는 말로 다가가는 사람.
세계는 이렇게도 나뉜다."[+] 저는 이 문장을 읽은 순간부터
후자의 사람을 닮아가고 싶었어요. 좋은 문장은 이렇게
힘이 세요.

어떤 고통을 겪고 있는 친구의 마음을, 마치 내장이 하나
끊어지는 것처럼 아프고 슬프다는 그 느낌을 저는 여전히
정확히 모릅니다. 그러나 어쩌면 훗날에 알게 되겠죠. 제가
비슷한 일을 겪게 된다면요. 저보다 훨씬 먼저 이 우환을
겪었을, 서른네 살의 친구를 새삼 생각하면서 놀라겠죠.
세상에. 이렇게나 힘들었다고. 도대체 이 시간을 어떻게
지났니. 그럼 친구는 못다 한 얘기를 그제야 들려주겠죠.

지금 이 자리가 참 커다란 무대잖아요. 생중계로도
천 명 넘는 분들이 시청하고 계시고요. 마이크에 대고 굳이

[+]   요조, 《실패를 사랑하는 직업》, 마음산책, 2021년, 5쪽.

뭔가를 말해야 한다면 이런 이야기들을 살아있게 하고
싶었어요. 나의 약하고 귀여운 친구들과 우리 부모들의
서글픈 생을. 함께 음식을 나눠 먹고 치웠던 저녁의
디테일을. 슬픈 일들 속에서도 만나서 서로를 기어코
웃기고야 마는 오합지졸들의 대화를요.

사카모토 준지 감독의 〈오키쿠와 세계〉*라는 영화가
있어요. 진짜 더럽고 재밌고 감동적인 작품인데요. 똥을
날랐던 사람들의 이야기예요. 비유가 아닌 실제 똥,
그러니까 근대 이전 재래식 화장실에 쌓인 배변물을 이고
지며 이 동네에서 저 동네로 옮기는 게 직업이었던 자들의
인생 이야기죠. 참으로 고되고 서럽고 웃프기도 한 일상이
이어져요. 하루는 그들이 불운이 겹친 탓에 똥물을 온몸에
한 바가지 뒤집어쓰는 사건이 벌어지는데요. 정말이지
기분 좋을 구석이라곤 하나도 없는 사건이죠. 끝내주는
불운이에요. 누구라도 처하고 싶지 않은 상황일 테니까요.
그런데 주인공 남자가 거기서 친구에게 이런 대사를 쳐요.

＊　　〈오키쿠와 세계せかいのおきく〉는 사카모토 준지가 감독과 각본을
맡았으며 2023년에 상영되었다.

"이럴 때 웃어야 돼."
저는 그 부분에서 주인공한테 완전히 치이고 말았어요.
누가 봐도 시궁창 같은 순간에 그렇게 말하는 기세.
동지에게 이럴 때 웃는 게 백미라고 설득하는 이의 인생
구력. 전혀 뻔하지 않은 타이밍에 웃어버리기로 하는 그의
예측 불가한 선택이 엄청나게 매력적이었지요. 저는 이런
종류의 이야기에 감탄해요. 그 이야기 속 인물을 닮아가고
싶고요.

에이아이가 기승을 부리는 이 시대에 어쩐지 음식 얘기랑
똥 얘기를 하고 있네요. 우리가 먹고 기도하고 사랑하려는
존재라는 점은 쉬이 변하지 않을 거라는 믿음 때문일
거예요. 특급 위로가 필요하여 불시에 친구들이 모였던
저녁에 에이아이를 떠올렸던 사람은 우리 중 아무도
없었어요.

어떻게 기술이 사랑과 우정 쪽으로 향할 수 있을까요?
우리를 가로막는 기술이 아니라 우리를 더 잘 만나게
해주는 기술은 어떻게 가능한 것일까요? 저는 기술의
전문가가 아니지만, 기술이 어느 쪽을 향해야 좋은지는

어렴풋이 알 것 같아요. 아주 사사로운 예시가 떠올라요. 어제는 친구가 유튜브 링크를 하나 보내줬어요. 숙면을 돕는 ASMR 영상이었지요. 슬픔에 일가견이 있는 사람들이 그렇듯 제 친구도 잠 못 드는 밤이 아주 많았어요. 그래도 자야 살아갈 수 있으니까 온갖 방법을 써보며 어떻게든 잠들려고 애쓴 게 벌써 몇 년째일 거예요. 그렇게 돌고 돌아 찾은 수면 유도 영상을 제게도 꼭 알려주고 싶었나봐요. 그 영상은 알파벳과 숫자로 구성된 링크의 형태로 메신저창에 도착하지만, 그게 무슨 의미겠어요? '잘 자'라는 뜻이죠. 네 삶도 쉽지 않다는 걸 나도 안다는 얘기죠. 내가 오래 겪어온 잠 못 자는 고통을 너는 최대한 겪지 않았으면 좋겠어, 라고 그 링크가 말하고 있잖아요. 그게 연대가 아니고 무엇일까요. 사랑한다고 말하는 거랑 다름이 없잖아요.

이것은 사랑에 기술을 이용하는 아주 작고 숱한 예시 중 하나일 뿐이에요. 앞으로도 수많은 기술이 등장하겠지만 웬만하면 사랑과 우정 쪽으로 쓰고 싶어요. 사랑스러운 걸 주고받는 일에 요긴히 애용하고 싶어요. 그런 욕망이 드는 건 제가 친구와 만나며 쌓아온 시간 때문이겠죠. 우리는 대체로는 어리석게, 때때로 엄청 천재적인 지혜로움을 발휘하며 십 대, 이십 대, 삼십 대를 함께 통과했어요. 저는 절대로 그 세월을 단축하고 싶지가 않아요. 앞으로도 이 관계를 느리게 음미하며 맛보고 싶어요. 아끼는 문학 작품을 에이아이에게 요약하라고 말하기 싫은 것처럼, 친구와의 번거롭고 지난한 관계도 그냥 우리의 속도대로 겪고 싶어요. 수고스럽게 얻은 것들을 통해서만 깊은 충만과 쾌락에 다다를 수 있다는 것이 인생의 야속한 규칙 중 하나니까요.

저의 스승은 말했어요. 측은지심을 잃으면 끝장이라고요. 우리는 에이아이와 다른 방식으로 연약하지요. 연약함에 대한 공부가 인간에 대한 공부일 것이에요. 슬픔과 미숙함에 대한 공부가 곧 삶에 대한 공부가 될 것이고요. 이 수고를 함부로 멈춰서는 안 될 것 같아요. 김혜자 배우님이 인터뷰에서 하신 말씀을 소중히 여기고 있거든요. "미숙함은 지루하지 않아."

간단한 질문을 두고 돌아 돌아왔는데요. 오늘은 이렇게 대답해보려 해요. 우리가 번거로워도 사랑과 우정을 해야 하는 이유는, 그게 재미있기 때문이지요. 최고의 만남이 벌어지는 장소가 그곳이기 때문이죠. 진짜 재밌는 앎과 이야기가 탄생하는 장소도 그곳이고요. 만남 없인 이야기도 없죠.

번거로운 사랑과 우정을 굳이 해야 하는 건 그것이 옳아서가 아니라, 그러고 싶기 때문이에요. 그것을 반복하는 게 네 신상에 좋다고, 제 몸에 새겨진 수천 년의 디엔에이가 속삭이는 음성이 어디선가 들려오는 것 같습니다. '그 사람을 그냥 사랑해……' '그 사람을 지금 만나러 가……' 이 속삭임을 놓치지 않도록 귀를 쫑긋 세우고 번거롭고 재미있게 살고 싶어요.

이 좋은 가을, 만나고 싶은 사람을 향해 성큼성큼 걸어가시면 좋겠습니다. 저도 그럴게요. 들어주셔서 고맙습니다.

쓰는 자의
여러 눈동자[+]

이 무대에선 왠지 새 이야기만 바치고 싶은 마음이 들어요.
제가 좋아하는 작가님들이 먼저 다녀가신 강연장이라
만만치 않은 장소처럼 느껴집니다. 독자님들의 소중한
발걸음에 보답하고 싶고, 제가 듣기에도 새로운 이야기를
저 자신에게 들려주고 싶어요.

마음산책에서 제게 요청하신 강연 키워드가 '관찰과
거절'이었어요. 구체적으로는 '무엇을 버려야 더 좋은
글이 되는가'라는 질문을 던져주셨지요. 이 질문을

[+]　2023년 11월 16일, 마음산책 주관으로 열린 〈마음폴짝홀
　　겨울맞이 특강 — 사랑과 글쓰기, 관찰과 거절에 대하여〉를
　　다듬어 옮겼다.

몇 주간 음미해보았는데요. 어려운 주제지만, 뭔가를 소거하며 더 좋은 글로 나아가는 기술들이 분명히 있다고 느꼈어요. 글쓰기에 관한 왕도는 나눌수록 제가 손해를 보는 것 같지가 않아요. 오히려 모두가 더 좋은 쓰기의 세계로 나아갈수록 서로한테 좋다고 믿죠. 오늘은 크게 두 가지 기술을 다루려 합니다. 첫 번째로는 '나의 여러 버전을 발견하는 방법'이고, 두 번째는 '작가의 광대성'에 대한 것입니다. 다양한 창작자의 문장을 레퍼런스로 제시해드리면서 읽기와 쓰기에 관한 여러분의 욕망을 자극하고 싶습니다.

저를 모르는 채로 오신 분들도 계시겠지요. 친구 따라 오셨다거나, 여자 친구한테 끌려오셨다거나, 딸이 오자고 해서 영문도 모르고 앉아 계신다거나…… 그런 분들을 위해 짧게 소개해드리자면 저는 장르를 넘나들며 글을 쓰는 작가입니다. 수필, 소설, 칼럼, 인터뷰, 서평, 서간문, 드라마 각본, 작사 등 도장 깨기 하듯 왕성하게 써왔습니다. 제 애기처럼 보이는 책들을 십수 권 펴냈고요.

스스로를 화자로 삼는 에세이스트, 자기 자신을 가공해서

글을 쓰는 사람은 사랑받기도 오해받기도 쉬운 것
같습니다. 쓰는 본인도 함정에 빠지기 십상이고요.
저는 스스로를 '페르소나를 세공하는 사람'으로 정의하고
싶어요. 페르소나는 배우뿐 아니라 에세이스트에게
특히 중요한 단어인데요. 일단은 '여러 개의 나' 정도로
해석해볼게요. 내가 유창하게 구사할 수 있는 말투와
표정과 자세, 혹은 작가로서 장악하고 맡을 수 있는 여러
배역이라고 말해볼 수도 있겠어요. 저는 논픽션 작가들이
지닌 아주 독특한 창조성에 대해 관심이 많습니다. 물론
에세이도 픽션이라고 생각하기는 하지만요.

지금 제 앞에 앉아 계신 분들은, 내 경험에서 출발한
이야기를 어떻게 승화해서 작품으로 만들지 고민 중이신
독자님들이 아닐까 싶어요.

내 이야기를 잘 쓰기 위한 기술
= 내 이야기를 초월하기 위한 기술

내 이야기를 잘 쓴다는 건 어느 정도는 벗어나는 일일
거예요. 내 이야기로부터. 마치 유체 이탈한 것처럼,

조금은 남의 눈으로 내 인생을 보는 것이죠. 그럼으로써
내 인생에서 잠시라도 해방되거나 초월하게 되는 소중한
순간이 글쓰기에는 있습니다. 한데 어떻게 나로 살면서 내
경험을 멀리서 보듯 서술할 수 있을까요? 도대체 초월이란
어떻게 하는 걸까요? 작가마다 접근법이 다를 텐데요.
우선 쓰고 싶은 경험으로부터 시간적, 공간적 거리를
두는 방법이 있겠죠. 전자는 경험을 충분히 소화될 만큼
세월이 흐른 뒤에 쓰는 글이고요. 후자는 물리적으로 먼
곳에 떨어져서 쓰는 글이에요. 하지만 저나 여러분이나
얼마든지 일상을 떠날 상황이 아닐 수가 있잖아요. 그럴
때에도 방법은 남아 있어요. 내 사건으로부터 공간적으로나
시간적으로나 멀리 떨어지지 않아도, 앉은 자리에서 즉시
내 경험과 멀어지려는 시도를 해보는 거죠. 그게 바로
비비언 고닉이 《상황과 이야기》에서 설명하는 내 안의
타인을 발명하는 방법입니다.

'내 안의 타인'이란 아무리 희노애락에 취해 있을지라도
항시 내 이야기를 관전하는 누군가를 잊지 않는 것일
테지요. 고닉은 그 존재를 자기 안의 '특별한 서술자'라고
부르기도 합니다. 엔간해선 진부함 속으로 순순히

빨려들어가지 않는 서술자죠. 아주 슬프고 엄중한
상황에서 풉 하고 웃음 터지신 적 있으세요? 실은 다들
가슴속에 장난꾸러기 한 명쯤 품고 사시는 거 알고 있어요.
반대로 마냥 행복해 보이는 순간에도 젊고 어리석은 자신을
미래에서 애틋하게 바라보는, 노인이 된 나의 시선을 상상할
수 있다면 그것 또한 페르소나겠죠. 스스로를 멀찌감치
떨어져서 바라보는 눈이요.

어떻게 쉽게 설명할까 고민하다가 투박하게나마 세 단계로
분류해보았어요.

> 1단계, 상황 설명
> 2단계, 일기
> 3단계, 이야기

제가 도달하고 싶은 상태는 물론 '이야기'입니다. 여기서의
이야기란 대략…… 출판사에 보내기에 부끄럽지 않은
상태의 글이라고 해둘게요.

생전 처음 군부대로 강연을 간 젊은 여자를 상상해봅시다.

이 여자의 경험을 세 가지 버전으로 함께 살펴볼게요.
따끈따끈한 예문들을 함께 보시죠. 일단 1번 '상황 설명'.
카페에서 친구를 만난 사람의 입에서 쏟아지는 말들이에요.
오늘 겪은 놀라운 일을 마구 늘어놓는 거죠.

> 야야야, 들어봐 들어봐! 내가 오늘 군부대로 강연을
> 갔어. 다른 데도 아니고 군부대로!!! 그걸 수락한 내가
> 미친년이지. 뭔 생각이었나 몰라. 군인들 삼백 명이 쫙
> 깔려 있는데 분위기 존나 싸하고 와 뒤지는 줄 알았다.
> 레전드였음. 그렇게 힘든 강연은 처음이었어. 군부대 다신
> 안 가……

다소 투박한 '상황 설명'이지만 대략 무슨 일인지 이해가
가시지요? 인상적인 경험을 겪은 직후의 반응입니다.
예컨대 방금 가벼운 접촉 사고를 당한 친구의 전화도
이것과 비슷하게 시작할 것 같아요. "야야야, 지금 뭔
일이 있었는지 알아?" 흥분한 채 교통사고의 경위를
얘기할 거예요. 직전의 사건 한복판에 놓여 있는,
그러느라 편집 순서나 전달 방식이 그렇게까지 특별할
겨를이 없는 상태라고 볼 수 있겠어요. 화자가 이야기를

장악했다기보다는 상황이 화자를 압도한 상태입니다.

2번 예시는 '일기'입니다. 일기를 쓰는 사람에겐 비교적 시간적 거리가 생기죠. 집에 돌아와서 노트를 펼치기까지, 혹은 비공개 블로그에 접속하기까지 몇 시간은 걸릴 테니까요. 하지만 일기는 나 아닌 사람들을 위해 쓰는 글이 아닌 경우가 많습니다. 보통은 나의 평화를 위해 남기는 개인적인 기록이고, 다른 독자를 상정하지 않으니까 그렇게까지 명문을 욕심내며 써야 할 이유가 부족합니다. 일반적인 일기 문체가 평이한 것도 그래서일 거예요.

오늘은 군부대에 다녀왔다. 강연이 있었기 때문이다.
이 일을 수락한 건 아무래도 경솔한 선택이었던 것 같다.
다른 강연에선 늘 환영받았는데 군부대 분위기는 진짜
살얼음판 같았다. 다시 생각해도 진땀이 난다. 시간이
어떻게 흘러갔는지 모르겠다. 병사들의 키위 같은
뒤통수가 잊히지 않는다. 강연장 분위기가 꼭 급식실
같았다.

이렇게 무난한 문장도 막상 술술 써지지는 않는다는 걸,

써보신 분들이라면 알 거예요. 자주 쓸수록 내 인생과의
거리 조절에 능해진다는 점에서 일기 쓰기는 중요한
훈련이에요. 안 쓰는 것보다는 쓰는 게 낫죠. 게다가
한 이십 년 뒤쯤 문득 이 페이지를 들춰봤을 때 얼마나
소중하겠어요. 나 혼자 보는 일기장이라면 아무 문제도
아닌 글이죠.

하지만 이 글로 책을 만들어서 초판 이천 부를 찍고
출판사의 자본과 마케팅을 끌어올 만하느냐고
묻는다면…… 아무래도 자신만만하기는 어려울 것 같아요.
1번과 2번 모두 '이야기'라고 하기엔 무리가 있지요. 어떻게
해야 이야기에 가까워질까요?

이제 3번 예시를 함께 살펴보겠습니다. 이야기엔 무릇
제목이란 게 있죠. 심청전, 춘향전, 로미오와 줄리엣,
김약국의 딸들, 진격의 거인…… 장편이든 단편이든 간에
이야기들은 적절히 흥미로운 제목을 가졌습니다. 제목은
이야기에 대한 작가의 장악력을 드러냅니다. 작가가
이야기를 통제하고 있다는 저력을 제목에서부터 느낄 수
있죠. 책의 한 페이지를 화면에 띄워놓았는데요. 제 글인

만큼 마음 편히 씹고 뜯고 맛보고 즐겨보겠습니다. 저의
열세 번째 책《끝내주는 인생》에 수록된 산문 중 한 편의
제목입니다.

　　착한 여자는 천국에 가고 나쁜 여자는 어디로든 가지만
　　어리석은 여자는 군부대로 강연을 간다

이미 아시겠지만 이 제목은 페미니즘의 물결 속에서 한창
유명했던 문구를 변용한 것입니다. "착한 여자는 천국에
가지만 나쁜 여자는 어디로든 간다"는 웅장한 카피가
있었죠. 많은 티셔츠에 적혀 있던 웅장한 카피였어요.
하지만 저는 그런 게 궁금했어요.
'난 착한 여자도 아니고 나쁜 여자도 아니고 단지
어리석은 여자인데…… 어리석은 여자는 어디로 가는
거지? 가만 보자…… 어리석은 여자가 가는 곳 중 하나는
군부대로구나!'
그런 사고의 흐름으로 이러한 긴 제목을 쓰게 되었습니다.
도입부도 살펴볼게요.

　　사랑 때문에 어리석어지는 게 하루이틀 일도

아니지만 새삼스레 이야기해본다. 최근 몇 년간 나는 애서가들로부터 사랑받았다. 이 사랑은 내 판단력을 흐리게 만들었다. 이를테면 군부대에서의 북콘서트를 수락하는 일이랄지……

이 첫 문단이 드러내는 것은 이슬아라는 사람의 오만과 후회겠죠? 군부대 강연을 수락한 건 그의 자아도취 때문입니다. 책이 좀 잘돼서 알량한 인기를 얻었다고, 이제 어딜 가든 자신이 사랑받을 줄 알았던 사람이 이 글의 화자인 것입니다.

인류는 캐릭터들이 곤란해지는 이야기를 꽤나 즐겨왔습니다. 좋은 상황에서 좋지 않은 상황으로 하강하는 이를 구경하는 것 말이에요. 그 낙차를 간접 경험하는 게 드라마의 핵심 체험 중 하나죠.《끝내주는 인생》도 딱히 멋진 사건으로 시작되지 않습니다. 한동안 잘 풀리는 일상을 사느라 안일해져버린 '나'가 다소 경솔한 선택을 하게 된 배경을 짧게 서술하며 들어갑니다. 작가는 스스로에 대해 쯧, 하고 혀를 차고 있는 듯해요.

이 첫 문단에서 우리가 함께 관찰하면 좋을 것은 바로
'이야기를 들려줄 준비가 된 자의 포즈'입니다. 이슬아의
문장이 누군가에게 호일 수도 불호일 수도 있겠죠.
불호일지라도 그가 쓴 것이 불특정 다수 앞에 설 채비를
마친 문장이라는 것만은 분명합니다. 이슬아 안에는 기꺼이
사랑받고자 하고, 놀림받고자 하는 서술자가 살고 있어요.
타인의 눈으로 저를 보아하니 그렇습니다.

페이지를 몇 장 넘기면 군부대 무대에 대한 디테일이
나옵니다. 그야말로 엉성한 무대죠. 지금 제가 밟고 서 있는
강연홀은 부드러운 카펫이 깔린 견고한 무대인데요. 군부대
무대는 그렇지 않나 봅니다. 한 걸음 한 걸음 디딜 때마다
불길한 소리가 나죠. 이런 세부 정보를 묘사하면 할수록
어쩌지 이야기 속 '나'와 쓰는 '나'가 분리되는 즐거운
기분을 느끼게 되어요.

　군부대 나무판자 위에서 마이크 테스트를 마치고
삐걱대는 바닥을 밟으며 내려왔다. 밖에 나가서 담배를
한 대 피우는데 찬이가 남 일처럼 중얼거렸다.
　"누나. 좆됐는데?"

참고로 찬이는 이슬아의 남동생입니다. 이 글에서는
조력자인지 웬수인지 헷갈리는 역할을 하고 있죠. 그는
빈말 없이 '누나, 오늘 좆된 것 같다'고 직언합니다.
그 전까지 이슬아는 최대한 상황을 긍정적으로 보려고
노력했어요. 정신 승리를 하면서요. 하지만 진실의 심판자인
찬이가 정확히 알려주죠. '누난 이견의 여지없이 망했어.
다가올 상황은 쉽지 않을 거야.'
그러므로 이슬아는 무대에 오르기 전부터 자신의 불길한
운명을 직면할 수밖에 없습니다. 착잡한 기분으로 무대 옆에
트렌치 코트를 벗어두고 가방을 내려놓지요.

삼백 명의 병사들은 놀릴 준비를 마친 사람처럼 나를
바라보았고, 나는 용기가 꺾여서 벽 쪽으로 시선을
돌렸다. 온통 연녹색 페인트로 칠해진 벽, 그곳에 이런
문장이 적혀 있었다. "용감한 병사는 단지 오 분 더
용감했을 뿐이다." 저게 무슨 뜻이지? 용감한 병사와
그렇지 않은 병사는 깻잎 한 장 차이라는 건가? 오 분
동안 병사는 많은 일을 한다는 뜻인가? 용감하면 그냥
오 분 먼저 위험해지는 거 아닌가……

군부대와 작가가 얼마나 불화하는지 감도 높게 드러나는
대목입니다. 1, 2번 예시와도 확연한 차이가 나지요. 상황
설명에 몰두한 사람들은 자신과 배경이 맺고 있는 관계를
해석하고 전달할 여유가 없잖아요. 그러나 이야기꾼의
문장에는 온통 연녹색으로 칠해진 병영 도서관의 벽이
자세히 묘사됩니다. 이슬아는 그 벽에 적힌 의미심장한
군대식 카피를 무던하게 지나칠 화자가 아니죠. 독자는
이슬아와 군부대의 아슬아슬한 만남을 어느새 살짝
걱정하고 있습니다. '이제 어떻게 되지?' 궁금해하고
있습니다. 그게 바로 '이야기'겠죠. 독자나 청자가 다음 문장,
다음 대사를 기다리고 있다면 이미 성공한 이야기입니다.

이제 또 다른 사건을 살펴볼게요. 절친이 커다란 사기를
당한 건입니다. 1번 상황 설명.

야야야, 너 그거 들었어? 내 친구 사기당했잖아. 요즘
유행하는 전세사기, 그거 나도 뉴스에서만 봤지. 내 주변
일이라고는 생각도 못 했는데 글쎄 절친이 당하더라고!
진짜 인생은 알 수가 없다니까. 친구가 맨날 나 붙잡고
우는데 나도 진짜 답이 없어.

곧장 상황이 짐작되시죠? 카페에서 이런 이야기를 주고받는
누군가를 상상하기 어렵지 않습니다. 너무 안타까운
사건이지만 세상의 흔한 수다 중 하나이기도 합니다. 2번
일기 버전은 어떨까요?

친구가 사기당한 지 한 달이 지났다. 아직은 몸도 마음도
추스르지 못한 상태다. 걔는 올해 왜 이렇게 힘든
일을 많이 겪는지 모르겠다. 속상하다. 나랑 애인이
물심양면으로 걔를 챙기고 있긴 한데 언제 괜찮아질지
알 수 없는 상태다. 우는 애를 맨날 보니까 우리도 지치고
마음이 안 좋다. 진짜 답이 없는 일이다.

딱히 문제될 건 없는 글이지만, 사건도 해석도 진부함
속으로 빨려들어가는 것을 피하지 못했다는 느낌이 들어요.
가끔 술자리에서 굉장히 시시하게 대화가 마무리 될 때
있지 않으세요? "답이 없다~" "화이팅 해~" 이런 식으로
퉁치면서 되게 뭉툭하게 끝날 때요. 작가라면 인생의 답
없음을 그보다는 재미있게 말할 수 있어야 하지 않을까요?
자세히 보시면 이 일기장의 주인은 좋은 친구이긴 하지만
은근히 생색을 내고 있어요. 사기당한 친구도 힘들겠으나

그 친구의 하소연을 한 달째 듣고 있는 나도 지겹다 이거죠.
지극히 인간적인 참을성의 한계 같은 게 슬슬 티가 나려고
합니다. 사람과 사람 사이 딱 맞아떨어지지 않는 이런
부분들이 저는 늘 미치겠고 흥미로워요.

취향껏 '이야기'로 가공한 3번 예시를 보여드릴게요. 이 글
역시 《끝내주는 인생》에 수록된 산문입니다. 제목이 또
의미심장한데요. '이 풍진 세상을 만났으니 너의 희망이
무엇이냐.' 오래된 민중가요 〈희망가〉의 가사죠. 누가 봐도
절망에 빠진 사람, 사기를 당해서 집이 날아가네 마네 하는
친구와 일당들에게 '이 빡센 세상에서 너의 희망은 뭐냐'고
묻는 아이러니한 제목입니다.

제목과 첫 문장은 긴밀하게 이어져요. 저는 제목과
엇비슷한 톤을 유지하면서도 거리는 적절히 먼 첫 문장을
쓰는 것을 선호합니다. 이 글은 시작부터 논어 말씀을
투척하며 시작됩니다.

　　삼인행필유아사三人行必有我師. 그러니까 세 사람이 길을
　　걸으면 그중 하나는 반드시 스승이라는데, 정말일까?

논어 말씀을 인용하자마자 냅다 의심하는 도입부지요.
등장인물은 사기당한 애, 그리고 개를 걱정하는 나와
또 다른 친구까지 세 명이고, 논어식대로 말하면 이것은
'삼인행'입니다. 하지만 셋 중 스승 같은 애는 아무도 없는
거예요. 다들 어리석고, 젊고, 서로에게 어처구니없는 걸
가르치기만 합니다. 그들의 귀여움과 애처로움이
이 이야기에서 살려야 할 매력이라고 생각했어요.

겪은 일을 글로 가공하는 과정에서 이런저런 편집이
들어가기 마련이죠. 이 친구와 저 친구의 특징을 합치기도
하고, 인물의 이름과 성별과 외양을 바꾸기도 합니다.
실명을 언급하기 어려운 경우 이니셜로 처리하는 작가들도
있지만 저는 어쩐지 이니셜이 내키지 않아서 이렇게 하기로
했어요. 사기당한 애를 '손 큰 애'로, '나'와 함께 친구를
위로하는 애를 '키 큰 애'로 부르기로요. 이들을 전혀
모르는 사람이 읽기에도 특징이 확 들어오는 명명이죠.
이 모든 자잘한 선택을 제 안의 서술자와 협의하며
진행해요. 어느 쪽이 더 매력적일까? 이 정보는 말하는
것보다 말하지 않는 게 더 낫지 않을까? 그런 질문들과
대답들로 쓰는 사람의 내면은 늘 수런거리고 있습니다.

나의 친구 '손 큰 애'는 어느 날 커다란 사기를 당하고
만다. 도대체 왜 그런 일이 벌어진 거냐고 묻는다면
그저 시대를 잘못 타고났을 뿐이라고 대답하고 싶다.
병든 시대가 내 친구를 홀린 것이다. 하지만 우리는
언제 어디서 태어날지 결정할 수가 없다. 어쩔 도리 없는
사건이 생에는 수두룩하다.

"답이 없다~" "화이팅 해~" 하고 퉁치는 이야기를 이렇게
다룰 수도 있는 거죠. 또한 서술자는 사기당한 친구를
얼마큼 헤아릴지도 매 순간 선택하고 있어요. 보통 사기당한
친구에겐 타박을 먼저 하잖아요. 그러게 왜 그랬냐는
둥, 미련하다는 둥. 하지만 이 글의 서술자는 이렇게
일축합니다. '내 친구가 바보 같은 게 아니라 이 시대가 병든
겁니다. 이 미친 세상!'
그게 절친의 도리라고 믿는 서술자인 거예요. 사기당해서
자책하는 친구에게 그가 보여주는 의리는 아마 이런
모양이겠죠. "네가 지금 이런 세상에 태어나서 그렇지, 만약
삼국지 시대에 태어났으면 아주 그냥 충신으로 명성을
떨쳤을 거야. 넌 난세의 영웅이었을 거야."
서술자가 꼭 공명정대할 필요는 없어요. 얼마든지 치우친

사랑을 보여줘도 되고 흥미로운 결함을 드러내도 됩니다.
문학엔 그런 자유가 있죠.

　'손 큰 애'의 후회스럽고 막막한 심정에 관해 듣고 또 듣는
것 말고는 해줄 수 있는 일이 없었다. 중간중간 휴지나
건넬 따름이었다. '키 큰 애'는 나보다 다정하여 휴지를
건네는 대신 뺨에 묻는 눈물을 깨끗한 손으로 슥슥
훔쳐주었다. 수분 보충하라고 물도 계속 따라줬다.

사람마다 친구를 위로하는 방식도 디테일이
제각각이잖아요. '나'는 크리넥스 휴지를 건네는
사람이지만 '키 큰 애'는 친구 뺨에 흐르는 눈물을
자기 손으로 닦아주는, 나와 다른 방식으로 스윗한
사람이라고 드러내요. '키 큰 애는 다정하다'는 문장보다
훨씬 설득적이죠. '나'라는 화자도 친구를 아끼고 같이
울어주기도 하는 사람이지만, 이내 솔직한 심정을 숨기지
못합니다. 바로 다음 문단을 보시죠.

　그러나 시간이 흐르자 눈물 대신 하품이 났다. 친구의
사정은 슬펐지만 슬픔도 지루해질 수 있는 것이었다.

엄숙한 상황 속에서 누구도 쉬이 말하지 않지만 입 밖으로
내고 싶었던 그것. '나'는 '슬픔의 지루함'을 솔직하게
말하는 사람입니다. 뭐가 됐든 간에 365일 24시간 울 수는
없으니까요. '손 큰 애'는 내 심정은 아무도 이해 못 한다며
억울해하고, 세 사람은 서로에게 도움이 되는 듯 안 되는 듯
그저 시간을 함께 보냅니다. '숱한 불행들 속에서 어리숙한
친구들의 존재는 무슨 도움이 되는가?' 그게 이야기의
저변에 깔린 주제죠.

이번엔 순서를 바꿔서 접근해보겠습니다. 제가 참으로
아끼는 시를 소개해드릴게요. 전욱진 시인의 시 〈내담〉의
일부입니다. 낮잠에 들었다가 해 질 녘 즈음 눈을 뜬 어떤
오후의 정적 속에서 읽으면 특별히 더 좋은 시입니다.

　　낮에 잠을 자는 일은 오랜만인데
　　일어나서는 편지를 쓸 생각입니다

　　(…)

　　여름에 풀 베기하듯 잊으려고 하다 보니

이다지도 잠결입니다

아침에는 누군가 우여곡절 끝에
삶을 빠져나갔다는 소식이 들렸습니다

곁이라면 이 슬픈 일을 당신한테 말했을 거고
이어 들려줄 만한 기쁜 일도 생각했을 겁니다
슬픈 일과 기쁜 일을 번갈아 이야기하는 동안
마음의 어디에 진심이 머무는지 궁금했습니다

(…)

언젠가는 당신과 이것들에 관해
이야기를 나눌 수 있을 것 같다는 기분이 듭니다

(…)

오래도록 마음을 쏟은 물건에는
신령님이 깃든다는 이야기나

맞서서 계속 미워하던 두 사람이
결국 서로 사랑한다는 이야기를
여전히 당신은 좋아합니다

알고 있습니다
내가 잠을 자고 있다는 것을

(…)

조용히 일어나 편지할까 생각도 하겠지만
생각만 하고서 저녁 밥을 지으리라는 것도

오래 기다리면 당신이 올 수도 있겠지만
정말 오래 기다려야 할 거라는 사실도[+]

정말…… 너무 좋지 않습니까? 읽고 나면 누군가가 너무
그리워져요. 아끼는 사람을 잃은 기분, 그가 너무 멀게
느껴지는 슬픔 때문에 한숨 쉬며 시집을 덮게 되지요.

[+]　　전욱진, 〈내담〉 부분, 《여름의 사실》, 창비, 2022년, 91~93쪽.

이 시는 여러분도 분명 익히 아실 느낌들을 다루고 있어요.
사랑하는 사람에게 기쁜 일과 슬픈 일을 마구 섞어가며
수다 떨어본 적 있으시지요? 누군가의 장례식에 대해
얘기하다가도 오늘 내게 생긴 작은 기쁜 일을 연이어
말할 수 있을 정도로 신뢰하는 누군가와 마주 앉는 경험
말이에요. 그런데 시인은 "언젠가는 당신과 이것들에 관해
이야기를 나눌 수 있을 것 같다"고 말해요. 지금 내 앞엔
당신이 없다는 거잖아요. 독자는 어렴풋이 알게 되죠.
이 사람은 기다리고 있구나. 한때 아주 좋은 시간을 함께
보냈던 누군가를.

자세히는 몰라도 그는 마음이 무척 고운 사람이었던 것
같아요. 마음을 오래 쏟은 물건엔 신령님이 깃든다는
이야기나, 미워하던 사람들이 결국 서로를 사랑하게
되었다는 이야기를 좋아하는 사람이니까요. 독자인
저도 어느새 당신이 조금은 그립고, 두 사람이 만났으면
좋겠지만, 어떠한 예감이 들죠. 이 둘이 다시 만나는 건
쉽지 않은 일일 거라는, 꿈결에서나 만날 수 있는 상대
같다는 예감. 그러니까 너무 애달프죠. 마냥 행복한 시간을
보내고 있는 사람은 이런 시를 쓸 수 없을 거예요. 행복한

사람은 이렇게 그립고 이렇게 슬픈 편지를 쓸 겨를이 없을
거예요. 그래서 저는 이 시를 참으로 아껴요.

그런데 비슷한 하루를 살고도 완전히 다른 글을 쓰는 게
인간이잖아요? 이 시에 깃든 이야기도 한없이 하찮아질
수 있어요. 시에 담긴 정보를 얼추 옮기면서도 아주 시시한
예시를 만들어보면 어떨까요? 왜 그런 짓을 하냐면……
문체, 즉 서술자의 목소리가 얼마나 중요한지 설득하고 싶기
때문이에요. '정형돈 낮잠' 아시죠? 그런 낮잠을 자고 일어난
사람이 쓰는 메모를 상상하며 예시를 만들어봤습니다.
힘 빠질 만큼 투박한 이 예시를 함께 보시죠.

낮잠 한 판 때리고 일어나서 저녁밥 차려 먹었음ㅎㅎ 아
맞다 친구네 외할머니가 돌아가셨다고 한다ㅜㅜ 삼가
고인의 명복을 빕니다...ㅠ 하 누구한테 수다나 떨고
싶은데 상대가 없네 언젠가 만나겠지 뭐~ 편지 쓸까 잠깐
생각했는데 귀찮아서 관뒀다~

이런 메모를 쓰는 사람도 쉽게 상상할 수 있지요? 앞서
읽은 시와 비슷한 정보를 담고 있어도 서술자의 목소리가

이렇게까지 다를 수 있죠. 그럼 완전히 다른 이야기가
되어버려요. 글을 쓸 때 어떤 목소리를 꺼내 쓸지가 이토록
중요한 것이죠.

내가 지금 어떤 포즈와 음성으로 이야기를 실어 나르고
있는지, 자신의 페르소나를 세공하는 게 에세이를 쓰는
자의 주요한 기술 중 하나라고 비비언 고닉은 강조합니다.
다시 아까의 책으로 돌아와볼게요. 《상황과 이야기》에서
고닉은 J. R. 애컬리라는 작가를 소개해요. 애컬리는 자신의
아버지에 관한 끝내주는 글을 남긴 작가예요. 그런데
아버지 얘기를 하기까지 삼십 년이 걸렸다고 해요.
왜 삼 년이 아니라 삼십 년이 걸렸을까? 비비언 고닉이
질문합니다.

그 오랜 세월 동안 아버지에 관한 수다는 수도 없이
떨었겠지요? 그러나 아마 '상황 설명'에 해당하는 수다였을
거예요. 제아무리 대단한 작가들도 우리 아빠 왜 또 저럴까,
너무 노답이다, 그런 얘기 할 거잖아요. 모든 일이 문학이
되지는 않고요. 고닉은 "꺼내놓는 데 삼십 년이 걸린 것은
이야기였다"며 애컬리의 고민을 이렇게 묘사합니다.

왜 우리는 서로 엇갈리기만 했을까? (…) 난 언제나 아버지가 나를 알고 싶어 하지 않는다고 생각했는데, 이제 보니 내가 아버지를 알고 싶지 않았던 거구나. 그러고는 또 깨달았다. 내가 알고 싶지 않았던 것은 아버지가 아니라 바로 나 자신이구나.[+]

언제 읽어도 사무치는 대목입니다. 자신의 가족에 대해서 써본 자들이라면 더더욱 그럴 거예요. 애컬리의 작품 《아버지와 나》에 대해 고닉은 다음과 같이 씁니다.

애컬리가 자신의 이야기를 전할 목소리를 명료히 하는 데는 삼십 년이 걸렸다. 거리 두기를 성취하고, 자기 자신에게 정직해지고, 신뢰할 만한 서술자가 되는 데 삼십 년이 걸린 것이다. 이런 세월이 글에 아로새겨져 있다. 사건마다, 단락마다, 문장마다 우리는 노력으로 얻어진 한 페르소나의 찬란함을 느낀다.[*]

[+]　　비비언 고닉, 《상황과 이야기》, 이영아 옮김, 마농지, 2023년, 25쪽.
[*]　　같은 책, 26쪽.

가까운 애증의 관계일수록, 특히 같이 살수록 더더욱
공간적 거리 두기가 어렵죠. 그래서 시간적 거리, 즉 세월이
흘러야만 비로소 제대로 관계를 해석할 수 있게 되기도
해요. 그래서 저는 꼭 할머니가 될 때까지 살고 싶죠.
중년기와 노년기를 모두 겪으며 쓰고 싶죠. 칠십 대, 팔십
대에도 무르익은 실력을 발휘했던 작가들을 닮고 싶고요.

하지만 세월이 흐를 때까지 글을 안 쓸 수가 없잖아요.
시간적 거리가 생길 때까지 마냥 기다릴 수는 없어요.
그래서 만들어야 하는 게 공간적 거리입니다. 이게 꼭
이사를 가야 한다는 뜻은 아니에요. 내가 쓰고 싶은
대상과 멀어질 여유가 언제나 주어지지는 않으니까요. 다만
진짜로, 한 이 미터 정도면 돼요. 내 마음 속 카메라 앵글의
위치가요. 시트콤 〈오피스〉*를 보면 무슨 말인지 바로
이해할 수 있어요.

〈오피스〉는 제게 영원한 웃음의 원천인데요. 그저 그런

* 〈오피스The Office〉는 2005년부터 2013년까지 NBC에서
방영된 미국 시트콤이다. 2001년 영국 BBC에서 방영된 동명의
시트콤을 리메이크한 것이다.

소기업에서 일하는 사람들에 대한 이야기예요. 종이를 만드는 작은 회사죠. 여기서 근무하는 열 명 정도의 인물들을 다루는 군상극이며 시즌 9까지 방영하고 막을 내린 명작입니다.

이 인물들 옆엔 항상 카메라가 있어요. 시트콤 속 또 다른 카메라예요. 극중에서 이 회사 사람들을 다큐멘터리로 찍기로 한 촬영팀이 상주해 있거든요. 근데 그 카메라맨들이 되게 짓궂어요. 클로즈업을 하면 안 될 것 같은 상황에서 줌인을 하고, 보통은 숨겨야 하는 치부들을 꼭 발각해서 찍어요. 인물들이 정말 진지하게 싸울 때조차도 그 모습을 정말 우스꽝스럽게 카메라에 담아요. 그 카메라에 담긴 인물들은 정말이지…… 쪼잔하고 옹졸하고 초라하죠. 그렇게 취약한 모습들로 매회가 채워집니다.

24시간 아름다운 사람도 없고 24시간 한심한 사람도 없어요. 그것이 〈오피스〉의 카메라가 제게 늘 일깨워주는 것이죠. 누군가의 치명적인 결점이 그가 삶을 견디고 돌파하는 방식이 되기도 하고요. 〈오피스〉를 보며 에세이스트로서 저는 이런 메모를 적었습니다.

에세이스트 옆에는 늘 카메라 한 대가 돌아가고 있다.
자기 눈 말고도 눈동자가 하나 더 있다. 이 눈이 관찰하고
발견한다. 나 자신의 우스움, 의외의 멋짐, 예상치 못했던
코믹 포인트, 허를 찌르는 슬픔의 순간……

결정적인 일을 겪을 때마다 늘 상상해요. 지금 만약
〈오피스〉라면 내 상황을 어떤 이야기로 가공할까? 어떻게
편집하고 어떻게 극화하고 놀릴까? 그럼으로써 어떻게 못
잊게 할까?

좋은 에세이를 쓰는 작가들은 알고 있어요. 모든 사건은
세 사람이 겪는다는 것을. 나, 당신, 그리고 우리를 바라보는
또 다른 나. 그러니까 '겪는 나' 말고도 '응시하는 나'가 또
있는 것이죠. 경험하는 내 눈 말고도, 경험하는 나를 보는
또 다른 눈동자…… 그것이 바로 내 안의 타인, 서술자의
눈일 거예요.

이어서 '작가의 광대성'에 대해서 말씀드리고 싶어요.

작가랑 광대가 무슨 상관인가 싶으시겠지만 저는 재밌는
글을 쓰는 작가들은 죄다 조금씩 광대 같은 기질을 가지고
있다고 생각해요. 사람들 앞에 나서서 웃음거리가 되는
것을 자초하고 즐기는 사람의 기세 말이에요. 이 광대성에
대해 동료 작가 안담은 '나는 놀려질 만큼 강하다'는
태도이기도 하다고 제게 말해주었지요.

적극적으로 우스꽝스러운 사람이 되는 것에 대해 말할
때, 양다솔이라는 작가 겸 스탠드업 코미디언을 빼먹을 수
없겠죠. 양다솔은 종이책 작가이지만 그가 갑자기 많은
사람들에게 알려진 계기 중 하나는 제 결혼식 영상에서의
활약 때문이에요. 참고로 저의 결혼식 영상은 그냥
지인들에게 전해주는 용도로 조용히 만들어서 유튜브에
올린 것인데요. 정신 차려보니 조회수가 벌써 삼십만 회
가까이 향해 가고 있답니다. 제 책이 그렇게 팔렸으면
정말 좋았을 텐데…… 아무튼 결혼식 영상의 하이라이트
중 하나는 저의 친구 양다솔 작가의 스탠드업 코미디
장면이에요. 코미디 공연에서 양다솔은 이런 말을 합니다.

　제가 아는 이슬아는 최고의 효율맨입니다. 취할 건 취하고

가차 없이 버려요. 그가 버리지 않는 건 딱 세 가지입니다.
책, 독자, 이훤……

여기서 이미 모두가 빵빵 터지며 웃었죠. 양다솔은 여기서
멈추지 않고 한술 더 떠요.

그 외에는 쓸모없다 싶은 건 계절마다 정리해서 싹 다
버립니다. 저도 여러 번 쓰레기장에서 돌아왔어요.

이젠 사람들이 웃다가 쓰러지죠. "저도 여러 번
쓰레기장에서 돌아왔어요"라니. 너무 뛰어난
펀치라인이잖아요? 사실 이 얘기는 얼마든지 재미없는
버전으로 얘기될 수 있었어요. 양다솔이 자기 자신을
불쌍히 여기기만 했다면 말이에요.
'슬아야. 넌 왜 나를 버리니? 내가 그렇게 별로니?
난 너무 슬퍼…… 난 너를 좋아하는데 왜 너는 그만큼
나를 좋아해주지 않는 거야……?'
조금만 들어도 질척이는 이야기죠. 그러나 양다솔은 이걸
코미디로 승화하기로 선택하죠. 그게 양다솔의 작가성이고,
남들이 쉽게 따라 할 수 없는 양다솔만의 페르소나예요.

그는 알고 있어요. 우정이란 딱 떨어지지 않고, 삶은
서럽고 불공평한 것임을요. "이슬아는 쓸모없다 싶은 건
계절마다 정리해서 싹 다 버립니다"라고 그가 말했을 때
관중들이 예상했을 다음 문장은 "저도 버려질 뻔했어요"
정도가 아니었을까요? 그런데 양다솔은 거기서 한 걸음
더 갑니다. "저도 여러 번 쓰레기장에서 돌아왔어요"라는
대사로요.

해명하자면 저는 양다솔을 사랑하지만 때때로 그를
외면하고 지냈던 것 같아요. 분명 양다솔을 버린 몇 번의
계절이 있었어요. 양다솔은 자신이 한 번도 아니고 여러 번
버려졌음을 직면할 뿐 아니라, 이슬아가 절대로 쓰레기장에
자신을 데리러 와준 적이 없다는 사실도 직면합니다.
그래서 제 발로 쓰레기장을 벗어나 다시 이슬아를
찾아갔다고 서술합니다. 동료 작가들은 이것을 '돌아온
쓰레기로서의 자부심'이라고 칭송하기 시작했어요.

제 발로 돌아온 쓰레기의 긍지. 어떤 작가가 이 페르소나를
흉내 낼 수 있을까요? 양다솔은 천재입니다. 그가
이 코미디를 시전했을 때 저는 진심으로…… 그에게

섹시함을 느끼고 말았어요. 어떤 창작자가 섹시하다는 것은 크게 꺾인 자신을 어디까지 승화시키느냐에 달린 것 같아요. 물론 양다솔도 처음부터 이런 얘기를 웃으면서 여유롭게 할 수는 없었겠죠. 하지만 시간적 거리와 물리적 거리를 적절히 활용하며 가장 매력적인 페르소나를 세공한 것이죠. 이제 누가 양다솔을 딱하다고 생각할까요? 오히려 감탄밖에 들지 않나요? 저 여자가 제발 다른 이야기도 들려주면 좋겠다. 저 여자는 꾼이다. 이야기꾼이다, 라고 생각하게 되죠.

제 주변엔 이렇게 미치도록 웃긴 작가들이 몇 있어요. 도대체 왜 이렇게까지 웃기려는 걸까요? 작가들이 농담력을 갈고닦는 이유는 무엇일까요? 또 다른 스탠드업 코미디언이자 작가인 안담은 이렇게 대답했어요. 그건 바로 '끝까지 듣게 하기 위해서'라고요. 한마디로는 설명할 수 없는 인생 이야기를 재미있게 전개하지 않으면, 독자이든 관객이든 간에 끝까지 들어주지 않기 때문이죠. 왜냐하면 제가 썼듯, 슬픔도 지루해질 수 있으니까요.

영화 〈에브리씽 에브리웨어 올 앳 원스〉[+] 에는 이런 대사가 나오죠. "그 모든 거절과 그 모든 실망이 당신을 여기로 이끌었어.(Every rejection every disappointment has led you here.)" 저도 데뷔 전에 여러 출판사로부터 거절받곤 했어요. 내 작업이 거절당할 때의 마음, 위축되는 그 심정을 익히 알고 있어요. 되게 속상하고 주눅들었는데요. 그런 일들조차 나를 근사한 순간으로 이끌고 있다고 생각하면 또 용기가 나기도 했었습니다. 소중한 거절들, 그리고 그보다 더 소중한 작은 성공들 속에 계시면 좋겠습니다.

딱 한 시간이 지났네요. 저는 강연 시간을 정확히 지키는 편입니다. 누드모델로 일했기 때문에 시계를 보지 않아도 시간을 잘 감각해요. 뱃속에서 째각째각 시침과 분침이 돌아가고 있는 걸 느끼거든요. 모쪼록 여러분께서 행복하고 건강하게 쓰시길 바랄게요. 고맙습니다.

+ 〈에브리씽 에브리웨어 올 앳 원스Everything Everywhere All At Once〉는 다니엘 콴과 다니엘 쉐이너트가 감독을 맡았고 2022년에 상영되었다.

여자 몸에 뒤섞인 국가들[*]
— 입양인 리 랑그바드 인터뷰

태어남. 그것은 선택할 수 없는 사건이다. 어떤 부모 밑에서
태어날지, 어떤 국가에서 태어날지, 어떤 신체와 성별로
태어날지 고를 수 있었던 이는 없다. 랜덤으로 주어진
세계에 휘말리는 것은 모두의 숙명이다.

그러나 누군가는 더 특수하게 혼란스럽다. 어린아이일 때
친부모로부터 분리되어야 한다면, 다른 나라의 양부모에게
선택되면서 모국을 떠나야 한다면, 양부모의 나라에서
자신과 비슷한 피부색을 찾기 힘들다면 분명히 그럴 것이다.

[*] 이 인터뷰는 2022년 7월 5일 서울에서 이루어졌다. 사진은
모두 이훤의 것이다.

이런 일을 국가 간 입양이라고 부른다. 아이는 부모를 고를 수 없다. 그러나 부모는 아이를 고르기도 한다.

선택의 여지가 없었던 마야 리 랑그바드.[+]
이 이름을 기억해두자.

마야는 1980년에 한국에서 태어난다. 그리고 어린 시절에 덴마크로 입양된다. 마야의 친부모와 양부모, 그리고 국가와 아동복지회가 합의한 결과다. 이것이 일종의 장사였음을 마야가 이해하게 되는 건 먼 훗날의 일이다. 마야는 낯선 사회 속에서 몇 겹의 혼란을 겪으며 자란다. 그 혼란을 이해하는 사람은 한국에도 없고 덴마크에도 없다. 어떤 날엔 '바나나'라는 호칭으로 놀림받는다. 겉은 동양인이지만 속은 백인이라는 의미다. 그런 멸칭 앞에서 마야는 자신이 이쪽에도 저쪽에도 소속되지 않았다고 느낀다. 한국인처럼 보이는 자신이 덴마크 양모 옆에서 나란히 걸으면 어떤 시선을 받는지 기민하게 감지한다. 그건

[+]　그는 최근에 이름을 '리 랑그바드'로 바꿨다. 인터뷰 당시의 이름은 '마야 리 랑그바드'였으며 인터뷰어는 그를 '마야'로 호명했다.

내가 나라서 불편한 유년기였다.

아이는 자라서 작가가 된다. 작가가 되어 한 권의 책과 함께
한국으로 돌아온다. 가난한 부모와 부유한 부모, 서양의
어린이와 동양의 어린이, 여자와 남자, 국가와 국가 사이의
온갖 위계질서를 직시하며 컴백한다. 그가 쓴 책의 첫 두
문장은 다음과 같다.

　　여자는 자신이 수입품이었기에 화가 난다.
　　여자는 자신이 수출품이었기에 화가 난다.[*]

마야의 책을 처음 펼치고 한달음에 읽어나간 저녁을
기억한다. 하나의 문장이 어디까지 변주될 수 있는가.
변주되며 세계 곳곳으로 뻗어나간 그 문장이 어떻게 다시
스스로를 향해서 수백만 개의 화살처럼 돌아오는가.
아주 낯선 성취를 마야의 글에서 보았다. 이 책은 한 편의
장시長詩로 해석되어 서점의 시 매대에 진열되어 있지만

---

[*]　　리 랑그바드, 《그 여자는 화가 난다》, 손화수 옮김, 난다,
2022년, 18쪽.

소설이자 역사책이자 르포르타주다. 어디에도 없는 문학인 동시에 견고하게 쌓아 올린 저널리즘이다.

'그 여자'라는 화자를 창조한 마야의 생은 한국의 국제 입양 역사에 송두리째 휩쓸려갔다. 전쟁 이후 태어난 수많은 혼혈아를 국외로 내보내고자 이승만 정권이 시작한 입양 산업의 여파였다. 이 정치는 순혈주의와 인종주의에 기반한다. 전쟁 고아를 구제한다는 명목을 내세우긴 했으나 피부색이 다른 아이를 후순위의 국민으로 여기는 지도자들만이 그런 거래를 강력하게 밀어붙일 것이다. 박정희 정권이 들어선 뒤에도 국제 입양 사례는 줄지 않고 늘어났다. 돈 때문이었다. 아이를 해외로 보내는 것은 국가의 복지 부담을 줄이는 동시에 외화를 벌어들이는 수단이 되었다. 1980년에 집권한 전두환 대통령은 박정희 대통령이 마련해놓은 입양 관련 법을 최대로 활용한다. 놀랍게도 1980년대에는 한 해 태어난 출생아 중 일 퍼센트에 육박하는 아동이 해외로 입양됐다. 마야 역시 전두환 정권 시절에 태어나 덴마크로 보내진 아이 중 하나다. 해외로 아이를 보낼 때 국가와 아동복지회는 긴밀히 협력했다. 그들은 국내 입양보다 국제 입양에서

더 높은 이익을 챙길 수 있었다. 국제 입양은 거대한
산업이었다.

> 여자는 어린이를 입양 보내는 국가는 물론 입양기관도
> 국가 간 입양을 통해 돈벌이를 한다는 사실에 화가 난다.
> 여자는 (…) 한국이 국가 간 입양을 통해 연간 일천백만
> 달러를 벌어들인다는 것을 깨닫고 화가 난다. (…)
> 여자는 오늘날 '아이들을 위해 부모를 찾아주는 일'보다
> '부모들을 위해 아이를 찾아주는 일'이 더 우선된다는
> 사실에 화가 난다.[+]

입양 산업에 연루된 아이는 자신이 하지 않은 선택 때문에
혼란스러워하며 삶을 시작한다. 이 특수한 혼란은 어른이
되어서도 그를 따라다닌다.

《그 여자는 화가 난다》는 2022년 7월 한국에서 번역
출간되었다. 원서는 2014년에 덴마크에서 덴마크어로
출간되었지만, 처음부터 한국 독자를 위해 쓴 책이라고

[+]　　같은 책, 18쪽.

마야는 말했다. 한국 독자로서 그리고 마야가 강제로 떠난 나라의 국민으로서 마야에게 응답하고 싶었다.

대화는 영어로 통역되며 진행되었다. 마야와 나 사이에는 시인이자 사진가이자 통역가인 이훤이 앉아 있었다.
내가 한국어로 질문하면 이훤이 그것을 영어로 번역하여 마야에게 전했다. 마야는 덴마크어로 가장 먼저 떠올랐을 어떤 말들을 자기 안에서 영어로 번역하여 대답했다. 그럼 이훤이 다시 그것을 한국어로 옮겨 나에게 전했다.
이 대화는 느릴 수밖에 없다. 세 개의 국가를 오가므로.

통역할 시간을 벌어주기 위해서는 두세 문장씩 끊어서 말하는 것이 좋다. 마야에겐 슬프지만 익숙한 일이다.
어른이 되어 친부모를 만날 때마다 그런 식으로 끊어서 대화할 수밖에 없었기 때문이다. 마야의 모국과 모국어는 너무 멀리 떨어져 있다.

슬아　안녕하세요, 마야. 시간과 마음을 내어주어서
　　　고맙습니다. 저에게 강렬한 인상과 배움을 준
　　　마야의 책을 여러 한국 독자분들께 소개하고
　　　싶습니다. 얼마 만에 다시 한국에 방문한 것이죠?

마야　팬데믹 때문에 두 해 반 만에 돌아왔습니다.
　　　돌아와서 무척 기쁩니다.

슬아　한국이 변하고 있다고 느껴지나요?

마야　올 때마다 변한다고 느껴요. 있던 가게들이 빠르게
　　　사라지는 걸 보면서 실감합니다.

슬아　2014년 덴마크에서 출간된《그 여자는 화가
　　　난다》가 팔 년 만에 한국에서 번역되어
　　　출간되었습니다. 어떤 작가들은 한두 해만 지나도
　　　자신의 책을 지나간 이야기처럼 느끼곤 합니다.
　　　마야는 어떤가요?

마야　오래된 것 같습니다. 그래도 이 책에 관해 이야기할
　　　자리가 꾸준히 있었기 때문에 아직은 감각이

생생하게 남아 있는 편입니다.

슬아   당신 책을 통해 한국 근현대사를 다시 보게 된 것
       같습니다. 이곳에서 쭉 살아온 내가 덴마크에서
       살아온 한국계 입양인 작가보다 모르는 게 많아서
       부끄러웠습니다.

마야   어떤 점에서 부끄러웠나요?

슬아   마야 책을 읽기 전까지는 입양을 안젤리나 졸리와
       브래드 피트, 혹은 차인표와 신애라 부부의 일
       정도로만 알고 있었습니다. 소설 습작 시기에
       한번은 입양 가정을 아름답게 묘사한 문장을
       쓰기도 했습니다. 아무것도 모르는 것에 대해
       썼다는 게 부끄러웠어요.

마야   그럴 수 있어요. 일반적으로는 입양이라는 게
       선한 행위로 여겨지고 좋은 결과만 있을 것처럼
       광고되니까요. 입양이 거대한 산업인지에 대해서는
       대부분 알지 못합니다.

슬아 당신의 책은 여러 인물들의 자세한 증언으로
이루어져 있습니다. 수많은 사람들을 만나고
자료를 조사하며 쓴 책이지요. 여정이라고 할 수
있을 정도로 긴 공부였을 텐데 언제부터 시작한
작업인가요?

마야 2007년, 스물일곱 살 때였어요. 여러 입양인들을
만나면서 이 주제에 골몰하게 되었습니다. 내
정체성에 관한 어려운 질문들을 탐구할 수 있는
시기였던 것 같습니다. 단지 몇 편만 쓰려고
계획했던 글이 점점 길어졌어요. 스물다섯 명
가까이 되는 입양인들의 이야기를 책에 담았는데
그들의 이름과 사연은 조금씩 변형되어 있습니다.
픽션의 형태인 것이지요. 그러므로 책에 쓰인
'그 여자'의 이야기가 꼭 나만을 대변하는 것은
아닙니다.

슬아 완전히 자전적인 이야기로 읽히는 것을 경계한다는
말씀이시지요. 그럼에도 불구하고 모든 것을 마야의
개인사로 이해하는 독자도 있을 것 같습니다. 그렇게
읽힐 때 당신이 받게 될 무례한 질문도 짐작됩니다.

예를 들어 책을 읽은 누군가가 '그래서 친엄마랑은
잘 지내느냐'고 물을 때 불편함을 느끼지 않나요?

마야 북토크를 할 때마다 반복적으로 듣게 되는 몇 가지
질문이 있습니다. 이를테면 국가 간 입양에 대해서
찬성하는지, 아니면 완전하게 반대하는지……

슬아 한국에서 열린 기자회견에서도 같은 질문을
들으셨지요. 그들에게 마야의 입장을 명쾌히
설명해야 할 의무는 없다고 생각해요. 묻기는
쉽지만 대답하기는 어려운 질문들입니다.

마야 맞아요. 제가 그런 질문 앞에서 어려웠던 이유는
작가 말고도 여러 역할을 동시에 수행해야 했기
때문인데요.

슬아 입양 당사자이기도 하고요.

마야 작가이자 입양인이자 입양에 관해 해박한 지식을
가진 전문가로 보이기도 하니까 여러 역할을
오가며 대답해야 했습니다. 쉽지 않은 일이었어요.

그 밖에도 이 책을 읽은 친부모의 반응이 어떤지,
양부모의 반응은 어떤지, 지나치게 개인적인 질문을
받기도 했습니다.

슬아 개인사 말고 당신이 쓴 책에 관해 더 묻고 싶습니다.
일인칭이 아닌 삼인칭으로 서술했기 때문에 성취한
문학성이 있다고 생각합니다. 저 역시 글을 쓸 때
어떻게 하면 일기 이상이 될 것인가를 고민하곤
했습니다. 마야가 '나는'이 아닌 '여자는'으로 모든
문장을 시작했기 때문에 개인적인 고백을 넘어서는
책이 된 게 아닐까 싶습니다.

마야 한 개인의 고백이 아니라 여러 사람이 공동으로
발언하는 작품이 되기를 원했습니다. 한국의
입양인들과 어울리면서 집필을 시작했는데요. 책을
완성할 즈음에는 제가 그들에게 무언가를 주고 갈
수 있기를 바라게 되었습니다. 한국 독자도 염두에
두고 덴마크 독자도 염두에 두었지만, 결국 내가
첫 번째로 이야기를 건네고 싶었던 대상은 다른
입양인들입니다.

슬아   당신의 책에서는 '화나다'라는 동사가 아주 중요한
       연료로 쓰입니다. 화를 누그러뜨릴 생각이 없는
       작가의 책이지요.

마야   맞아요. 화내고 싶은 만큼 화내기 위해 이 책을
       썼습니다. 입양인들은 어려서부터 늘 감사할 것을
       요구받으며 살아갑니다. 입양당하지 않았다면 다리
       밑에서 죽거나 길거리에 나앉았을 거라는 전제를
       주입받으니까요. 그 반대편에 서서 이야기하고
       싶었습니다.

슬아   분노 저변에 있는 감정도 복잡하겠지요.

마야   분노라고 썼지만 사실 깊은 슬픔에 관한
       이야기입니다. 국가 간 입양이 거의 무역의 형태로
       이루어지는 현실은 화나는 일인 동시에 아주 슬픈
       일입니다. 사회시스템에 대한 믿음을 잃게 되는
       것 역시 슬픈 일이지요. 한때는 믿을 수 있었지만
       더 이상 믿지 못하게 된 것들에 대한 슬픔을
       적어왔습니다.

슬아 그럼에도 이 책의 제목은 ‘그 여자는 슬퍼한다’가
아닌 ‘그 여자는 화가 난다’입니다.

마야 그럼에도 불구하고 변화를 촉발하는 감정은
분노이기 때문입니다. 익숙한 무언가로부터
달아나자는 목소리를 시작하는 건 분노이기 때문에,
모든 혁명과 거대한 변화 역시 분노에서 시작되었기
때문에 그렇게 정했습니다. 파괴적일 수도 있지만
생산적인 감정일 수도 있으니까요.

슬아 ‘그 여자’가 분노하는 방향이 계속 틀어지는 것도
흥미롭습니다. 타자와 사회를 향하다가 자신을 향해
돌아오는 분노도 수두룩하더군요. 당신이 유년기에
상실한 것에 대한 애도가 책에서 뒤늦게 진행되고
있다고 느꼈어요. 모든 입양인들에게 그러한 애도의
과정이 필요하다고 서술하셨지요.

여자는 성장 과정에서 모국의 친부모와 언어 및 문화를
상실하고도 스스로에게 슬퍼할 수 있는 기회를 주지
않았던 자기 자신에게 화가 난다. 여자는 (…) 입양아에게
슬퍼할 수 있는 기회를 주는 것이 매우 중요하다는

사실을 양부모가 인지하지 못했다는 사실에 화가
난다. (…) 여자는 스물일곱 살이나 되어서야 처음으로
입양인으로서의 근본적인 슬픔을 맛보았다는 사실에
화가 난다.[+]

마야   아이였을 때 그 과정을 가졌다면 더 좋았을 것
같습니다. 어른이 된 후에 돌아와서 직면하니
확실히 더 어려웠습니다.

슬아   양부모가 입양 사실을 밝히지 않는 경우가 더
많은가요?

마야   국내 입양의 경우 아이가 자신이 입양인이라는
사실을 모르고 자랄 수 있어요. 하지만 국가 간
입양에서는 처음부터 알게 될 수밖에 없습니다.
양부모가 대부분 백인들이고 아이의 피부색과
다르니까요. 저 역시 성장 과정에서 내가 그들과
다른, 입양된 존재라는 걸 부인할 수 없었어요.
그렇지만 나를 둘러싼 모든 환경이 백인 사회였고

+   같은 책, 288쪽.

주로 그들이 선택하는 생활방식 속에 살았으니까,
정체성만 놓고 봤을 때 스스로를 백인이라고
생각했습니다.
서구 사회로 입양된 동양인은 대부분 백인의 어떤
아름다움을 갖게 되기를 무의식 중에 갈구하게
됩니다. 백인이 가장 아름답다는 이미지가 주입되어
왔기 때문이에요. 해외로 입양된 한국인이 자신을
긍정하기 위해서는, 그러니까 자신이 동양 사람이고
이렇게 생겼다는 것을 자랑스럽다고 여기기
위해서는, 아주 많은 노력을 해야만 합니다.

슬아 한편 당신이 가진 특권을 민감하게 인지한다는
느낌을 받았습니다. 교육받았다는 것, 비교적
주류의 언어를 다룬다는 것, 덜 가난했다는 것 등에
대해서요.

마야 모두가 누리지는 못할 특권이니까요.

친모는 입양 서류에 무엇이 적혀 있는지 알고서 서명을
했던 것일까? 친모는 글을 읽을 줄도 쓸 줄도 모르는
사람이다. (…) 여자는 친모가 글을 읽을 줄도 쓸 줄도

모르는 문맹이라는 사실에 화가 난다. 여자는 친모가
교육의 기회를 얻지 못했다는 사실에 화가 난다. (…)
여자는 양부모가 친부모보다 훨씬 많은 특혜 속에서
살아왔다는 사실에 화가 난다. 친부는 생계를 위해 돈을
벌어야 했기 때문에 교육의 기회를 포기해야만 했다.
양모는 얼마 전 석사과정을 마치고 박사과정을 시작했다.
여자는 자신의 분노를 양모에게 표출하는 스스로에게
화가 난다. 친부가 교육을 받지 못했던 것은 결코 양모의
잘못이 아니다.
여자는 양모와 친부모를 비교하는 자신에게 화가 난다.
여자는 친부모가 토요일과 일요일을 포함해 매일 열일곱
시간이나 일해야 한다는 사실에 화가 난다. (…)
여자는 양모가 친부모보다 일은 훨씬 적게 하지만 돈은
훨씬 많이 번다는 사실에 화가 난다. (…)
여자는 세상에 부유한 사람들이 존재한다는 사실에 화가
난다.
여자는 세상에 가난한 사람들이 존재한다는 사실에 화가
난다.[+]

<hr>

173

마야   친부모와는 2006년에 처음 만났습니다. 길고
       어려운 과정이었어요. 대부분의 입양인들은 출생
       국가에 왔을 때 통역자가 없으면 친가족과 이야기를
       나눌 수 없습니다. 모든 대화가 수고스러워요.
       언어의 장벽과 문화의 장벽에 부딪힙니다. 그런
       점에서 제 책이 한국어로 번역 출간된 건 너무나
       중요한 일입니다. 입양인뿐 아니라 작가로서 한국에
       머물며 이해받을 수 있기 때문입니다.

슬아   당신의 글쓰기는 언제부터 시작되었지요?

마야   초등학교 때부터 시를 읽고 썼습니다. 언어의 소리와
       뉘앙스와 디테일에 관심이 많았습니다.

슬아   문장이 군더더기 없이 강렬합니다. 초고 단계에서도
       이렇게나 명징한가요? 혹은 퇴고를 많이 한
       결과인가요?

마야   아주 여러 번의 퇴고를 거칩니다.《그 여자는
       화가 난다》를 쓸 땐 어떤 역동성을 살리기 위해
       집중했습니다. 화자의 내면과 바깥, 자기 자신과

세상을 오가면서 쓰니까 모순적이고 코믹한 지점이
생겼던 것 같습니다.

슬아   마야에게 탁월한 작품이란 무엇일지 궁금합니다.

마야   통상적인 문법을 따르지 않는 작품들을 좋아합니다.
전복적인 이야기, 소수자에게 주목하는 이야기를
좋아하고요. 흔하게 만날 수 있는 이야기는 덜
흥미롭습니다.

슬아   입양인 말고도 교차로 중첩되는 소수자 정체성에
관한 문장들도 쓰셨습니다. 입양인인 것도 모자라
레즈비언이기까지 하다는 사실에 화가 난다는
대목이었지요. 그런 '여자'에게 누군가는 '넌
레즈비언이니까 덴마크에 입양된 것이 행운인
줄 알아'라고 말하는 사람들도 있고요. 겹겹의
소수자성이 때때로 피곤하게 느껴지지는 않나요?

마야   어렸을 때는 피곤하다고 느꼈어요. 그렇지만 시간이
흐르면서 내 본연의 모습이라는 걸 인정하게
되었습니다. 그 사실이 소중해지기도 했습니다.

소수자가 된다는 건 배제된 자리를 바라본다는
의미니까요. 이제는 내가 가진 능력 중 하나라고
생각합니다.

슬아   살아오면서 선택할 수 있는 일과 선택할 수 없는 일
중 어느 쪽이 더 많았나요?

마야   입양은 저의 의지와 상관없이 이루어진
일이었습니다. 그러나 비교적 나의 의지를 존중하는
양육자 밑에서 자랐기 때문에 이후의 선택지는
열려 있었어요. 태어나기로 선택한 것은 아니지만
자기 삶이 유의미해지는 지점을 찾아야 하겠지요.
저에게 한국에서 보낸 시간은 인생에서 가장 어려운
시간이었습니다. 동시에 가장 유의미한 시간이기도
했습니다. 책을 쓰는 일도 아주 지난했지만 그
결정을 후회하지 않습니다.

이훤   마야에게 집이란 무엇인지 묻고 싶습니다.

마야   입양인들의 이주는 계속 이어집니다. 저는 집이
여러 개라고 느껴요. 덴마크엔 물리적인 집이

있습니다. 그러나 이십 년 가까이 오갔던 한국도 또
다른 집입니다. 책을 쓰기 전에는 내가 덴마크에도
한국에도 소속되어 있지 않다고 느꼈는데요.
출간 이후에는 두 나라에 조금 더 소속되었다고
느낍니다. 사실 이 책이 저의 집인 것 같기도 합니다.
모국에 기댈 수 없던 사람에게는 글쓰기가 집이 될
수 있습니다.

슬아   어떤 식으로든 가족을 꿈꾸는지 묻고 싶습니다.
가족이라는 개념에서 해방되는 게 목표일 수도
있다고 조심스레 짐작해봅니다.

마야   가족의 형태는 무궁무진하지요. 저는 양모와
단 둘이 자랐지만 그것 역시 충분한 형태의
가족이었습니다. 미혼모가 아이를 키우는 것도
완전한 형태의 가족일 수 있다고 생각합니다. 지원이
따른다면요. 혼자 아이를 양육하고 싶은 사람에게
경제적인 지원을 해야 합니다. 그들이 부당한
대우를 받지 않게 법적인 도움을 지속적으로 주는
것이 중요하니까요. 보통은 핵가족이 이상적으로
여겨지는데 저는 그런 방식을 지향하지는 않습니다.

한 사람과 집을 나누며 생활하고 아이를 갖기로
하는 것이 버겁게 느껴져요. 우선은 주변 친구들을
가족이라고 여깁니다. 통상적인 형태의 가족과는
다르게 살아가고 싶어요. 주위 레즈비언 커플들이
어떻게 생활하는지 참고하고 있습니다.

슬아   덴마크에서는 동성혼이 법적으로 인정되지요?

마야   수년 전에 합법화되었습니다.

슬아   한국은 아직도 아닙니다.

마야   덴마크는 LGBTQ 커뮤니티를 위한 법안을
진보적으로 논의하는 편입니다. 퀴어들의 삶이
이성애만큼이나 정상적인 것으로 받아들여진다고
느낍니다. 그러나 덴마크도 저를 송두리째
바꿔놓은 국가 간 입양이라는 것에 대한 논의가
충분하지 않았습니다. 한국에 비해서도 말이에요.
제가 아무리 이야기해도 덴마크 사회에 관철되지
않는다는 느낌을 받았습니다. 덴마크와 나 사이의
괴리. 그 간극을 좁히기 위해서라도 이 책을 쓰는 게

중요하다고 생각했습니다. 물리적으로는 덴마크에 살았지만 입양의 모든 문제점을 알면서도 아무렇지 않게 그곳에 머물 수는 없었어요. 책을 통해 덴마크 사회와 대화할 필요가 있었습니다.

슬아   살던 나라에 정말로 돌아오기 위해서요.

마야   네. 정말로 돌아오기 위해 이 글들을 써야 했어요.

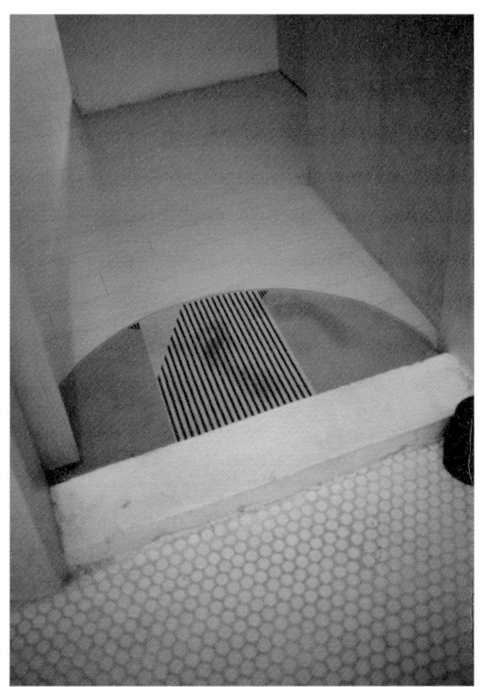

마야는 아이일 때부터 묻고 싶은 게 많았다. 나의 부모는
왜 나와 다른 눈을 가졌는가. 유치원의 또래들은 왜
나더러 코가 납작하다고 말하는가. 옆 나라에서 건너온
친구는 왜 나를 덴마크인이라고 하는가. 교회에 가면 왜
나를 이민자라고 하는가. 물을 사람이 없어 혼자 답했다.
질문들을 목으로 넘기느라 유년은 실체 없이 지나갔고,
또 유년은 바닥에 꽂힌 화살처럼 아직 거기 있다.

어릴 때부터 타인을 경유하며 우리는 스스로를 확신하게
된다. 그러나 저를 둘러싼 타자들이 전부 다른 말을
한다면 그 아이는 어디로 가야 할까. 마야는 자신을 수천
번씩 번복했다. 딸이었다가 아니었다가. 한국인이었다가
아니었다가. 덴마크인이었다가 아니었다가. 친모와 살았다가
아니었다가. 아빠가 있었다가 아니었다가. 두 번째 아빠가
생겼다가 아니었다가…… 자신을 모르는 아이는 어떻게
화낼까. 어떻게 울까. "너는 다리 밑에서 자라지 않고 좋은

가정에 입양되었기 때문에 무조건 감사해야 한다"는
소리를 매뉴얼처럼 들으며 자란 소녀는 화내는 법을 모른
채 십수 년이 지났다. 수입된 여자는 자신을 수출한 나라로
돌아왔다. 한국에 처음 온 건 친모를 만나기 위해서였다. 그
땅에서 시작된 일이 저를 불렀다고 생각한다. 그리고 친모를
만난다. 친모는 울먹이며 말했다. 당시 자신은 글자도 읽을
줄 몰랐다고, 그 시간을 후회하고 매일 울었다고. 여자에게는
그 사과가 충분하지 않다. 자신을 만나지 않겠다는 친부의
태도에 더 화가 나지만 저를 입양하기로 하고 얼마 안 가
이혼한 양부도 용서할 수 없다. 양모와 둘이 사는 동안
그에게 집은 어디여야 했을까. 어디일 수 있었을까.

모국어가 서툰 타국어로 점차 대체되는 동안 언어는 충분한
집이 될 수 없었다. 학교에 가면 자신이 겪는 곤욕에 공감할
수 없는 양모 또한 자주 집일 수 없었을 것이다. 최초의
공동체에서 경험한 실패를 덴마크 친구들에게 일일이
털어놓지 못했을 것이고. 자신보다 마야가 더 덴마크인에
가깝다고 여기는 이민자 친구들 앞에서도 충분히 슬퍼질 수
없었을 것이다. 슬픔에 대해 말하지 못하는 사람들 앞에서
어찌 화를 낼 수 있었을까. 그 화는 다 어디로 가는가. 누가

대신 껴안을 수도 꺾을 수도 베어줄 수도 없는 그 몇백
그루의 나무들은.

엄마, 언어, 친구, 모두 집이 될 수 없다고 실감한 아이는
실패하는 집에 넌덜머리가 난다. 집은 잠정적으로 자신이
유효해지는 상태일 뿐이라고. 그것을 가능하게 해주는
매개를 마야는 부지런히 찾아 나섰다. 글쓰기가 그중
하나였다. 아주 어렸을 때부터 마야는 썼다. 덴마크어는
점차 마야의 모국어로 변했다. 그가 살던 집은 그러니까
타국어였다. 아니, 새 모국어였다.《그 여자는 화가 난다》는
거기 그 집에 아주 오랫동안 머물며 시작된 책이라고도 할
수 있다. 덴마크어로 쓴 책이 한국어로 번역되며 그가 다시
귀국하게 된 건 정말로 책 이상의 의미가 있다. 물리적으로
돌아왔을 뿐 아니라 친부모, 무엇보다 자신을 수출한,
이 나라를 향한 발화가 책으로 인해 시작된 것이다.
오랫동안 열지 않은 방의 문고리를 쥐여주듯이.

이 귀환을 누구에게도 미안해하지 않고 정교하게 분노하는
마야에게 다음 시를 바친다.

대합실

뮬란을 닮지 않은 여자는
오노 요코를 닮지 않고
포카혼타스를 닮지 않고
코가 납작하지 않고 엉덩이가 납작하지 않다고
해명하게 된다
여자는
푸른 눈을 원하지 않았지만
백인의 외모가 정상이라고 생각하게 된다
네가 덴마크인이라는 사실이 부끄럽다고 덴마크어로 듣
게 된다
외국인 이민자에게 너는 이민자가 아니라고 듣게 된다
화날 때마다
네가 참으라는 양모 말에 따르게 될 여자는
그 모든 이후를 알게 되기 전에
수출되었다
여자의 몸에는 끼니를 겨우 때우던 친부의 목소리가 자
라지 않는다

보육원 앞에서 통곡했던 친모의 고백이 자라지 않는다

입양 서류는 썩지 않는다

첫 출국과 두 번째 이름을 받은 오후의 기억이 매일

태어나고 다시 죽는다

그것을 죽여야만 산다는 듯이

머리카락이 다시 자라지만 상관없다는 듯이

양모와

헌 옷을 사고 수십 번 크고 작은 가구를 옮기던 손의 속
도를 여자는 기억한다

자신이 덴마크인이라고 처음 믿었던 밤을 기억한다

언젠가 돌아가야 한다고 직감했던 밤도

자신을 춘복이라 이름 지은 사람과

서른 해 만에 만나고 돌아와

이틀 내내 잠만 잤다

그 여자는

감사하는 아이가 되기 위해 분노하지 않은 시절을

화라 부를지 슬픔이라 부를지 몰라

쓰는 사람이 되었다

무엇을 열람하게 될 줄 모르고

타국어가 모국어를 지울 줄 모르고

타국어로 쓴 책이 자신을 모국으로 데려갈 줄 모르고

그곳에 가도

두 이름 사이에 자신이 없다는 걸 알게 될 줄 모르고

수출된 다른 친구들을 만나

증언이 모이고 화가 나고 책이 태어나고

친모를 찾고

모국어로 돌아오는 여권을 얻는다

저를 수입한 나라로 향하는 비행기에 실렸을 때 마침내

다시 혼자일 때

그중 무엇도 집이 되지 못한다고

조금 알게 될 줄도 모르고

화가 난다

그 여자는 화가 난다

그리고 화가 나지 않는 어느 날

여자는 묻고 싶다

엄마

집이 두 곳에 있고

아무 데도 없는 사람은 어디로 가지

엄마

엄마가 두 곳에 있고

아무 데도 없는 사람은 누구 앞에서 울지

마야와 이슬아
그리고 이훤의 목소리.

당신이 내 앞에 얼마나 울창한지[+]
― 특수교사 김성은 인터뷰

누구에게나 잊을 수 없는 이메일이 있을 것이다. 여러 번
다시 읽어서 외우게 될 만큼 인상적인 이메일. 나에겐
김성은의 이메일이 그랬다. 편지는 이렇게 시작한다.
"저는 전북 지역에 살고 있는 시각장애인 독자입니다."
〈일간 이슬아〉 연재를 시작한 첫해 겨울이었다. 독자 중
누군가는 시각장애인일 수 있다는 당연한 사실을 그날
처음 자각했다. 김성은은 팟캐스트에 출연한 나의 목소리를
통해 처음으로 내 글을 알게 되었다고 적었다. 춥고 탁한
바닷속에 들어가 잠수사로 일했던 우리 아빠의 이야기

[+]   이 인터뷰는 2022년 6월 18일 익산에서 이루어졌다. 사진은
모두 이훤의 것이다. 사진 아래의 설명은 이훤이 시각장애인
독자를 염두에 두고 덧붙인 문장들이다.

때문에 가슴이 저릿했다고. 지독한 고독과 책임감이
고스란히 전달되었다고. 내 목소리가 그의 두 귀로
흘러들어가 빛나는 슬픔이 되었다는 게 좋았다.

김성은은 〈일간 이슬아〉 구독 방법에 대해 물었다.
독서를 좋아하지만 종이책을 읽지 못하는 그는 음성변환
프로그램을 이용하여 글을 듣는다. 온라인에서의 텍스트를
귀로 받아들이는 것도 익숙하다. 〈일간 이슬아〉는 이메일로
발송하기 때문에 종이책보다는 정보 접근성이 좋은
편이지만, 구독자를 인스타그램으로 모집한다는 점이
문제였다. 시각장애인이라면 신청 링크에 접근하는 것부터
난제일 터였다. 인스타그램 또한 지극히 비장애인 중심적
매체임을 실감했다. 내 글이 담긴 파일을 직접 전송할 경우
가장 손쉽게 음성 변환되어 문장을 들을 수 있다고 그는
알려주었다.
"작가님의 글을 받아볼 수 있을까요? 계좌번호를
알려주시면 구독료를 입금하겠습니다."
우리 사이의 거래는 그렇게 이루어졌다. 그날부터 김성은은
일간 이슬아의 브이아이피 구독자였다. 그가 신청서를
제출하지 않아도 매번 구독자 명단 가장 위에 그의 이름을

선 채로 창밖을 보는 왼편의 이슬아. 의자에 앉아 건너편 의자를
바라보는 오른편의 김성은. 서로를 보고 있지 않아도 둘은 한
공간에 머무는 사람들 같다. 다른 표정을 짓고 있지만 같은
이야기에 귀 기울이고 있다.

적기 시작한 것이다.

인터뷰를 연재하던 〈일간 이슬아〉 삼 년 차의 어느 날,
김성은으로부터 또 다른 이메일을 받았다.
"사진을 볼 수 없는 저로선 그분들의 인터뷰 음성을
짧게라도 들어봤으면 하는 욕심이 듭니다. 그럴 수 있다면
더 생생하게 그분들을 느낄 것 같습니다."
나는 텍스트와 이미지로만 이루어진 나의 원고에 관해
반성하지 않을 수 없었다. 다음 날 바로 '인터뷰 음성지원'
기능을 추가했다. 녹취파일 중 인터뷰이의 특징이 유독
잘 담긴 구간을 삼 분 분량으로 편집해서 올렸다. 그러자
문경에서 만난 농부님의 목소리뿐 아니라 평상 위에서 수박
써는 소리, 바람이 벼를 스치는 소리, 하우스에서 오이를
따는 소리도 원고에 포함되었다. 시각정보와는 또 다르게
강렬하고 구체적이었다. 김성은이 이것을 듣고 "행복한
소리"라고 말했던 게 기억난다.

내 연재 방식은 한 사람의 시각장애인 독자를 알게 되면서
크고 작게 수정되고 있었다. 연재를 시작할 때마다 그를
떠올렸다. 여전히 내 글을 읽고 싶어 할지 궁금했고

그랬으면 좋겠다고 생각했다. 그가 글을 쓸지도 궁금했다. 많이 읽는 사람이었기 때문이다. 읽는 자가 꼭 쓰는 자로 사는 건 아니지만 그에겐 안 쓰고 배기겠나 싶은 특수한 사건이 허다할 것 같았다. 시력을 잃은 사람이 쓰는 문장은 어떻게 다를지 알고 싶었다. 김성은의 책을 손에 들게 된 건 2021년 봄이다. 처음 읽은 시각장애인의 수필이었다. 책을 다 읽고선 그를 직접 만나기 위해 익산으로 찾아갔다.

김성은의 직업은 특수교사다. 시각장애 특수학교에서 이십 년 넘게 일해왔다. 또한 그는 유주의 엄마다. 그리고 우리는 서로의 독자다.

그는 남색 꽃무늬 원피스를 입고 나타났다. 연갈색 곱슬머리를 자주색 머리끈으로 정돈한 사람. 처음 만난 그와 팔짱을 끼고 카페 계단을 올랐다. 내가 계단을 그토록 조심하며 오른 적이 있었던가. 주문한 커피를 기다리며 마주 앉았다. 테이블에는 묵자책과 점자책이 나란히 놓였다.

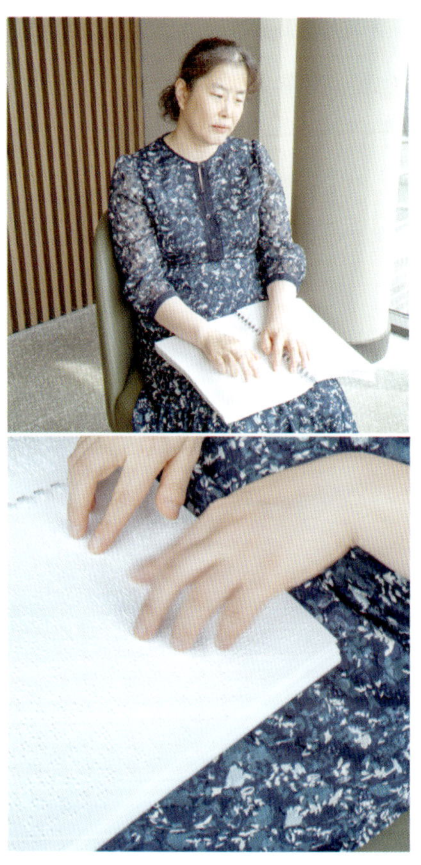

점자를 만지며 책을 읽는 김성은.

슬아   점자책 읽는 선생님의 모습이 꼭 외국어를 유창하게
        구사하는 사람처럼 대단하게 느껴져요.

성은   어젯밤엔 작가님 글을 점자로 프린트해서 만져가며
        읽었어요.

슬아   인쇄하면 종이 위에 점자 언어가 생기는 거예요?

성은   네. 여기 가져와봤어요. (점자책을 건넨다.)

슬아   (점자책을 만지며) 우둘투둘해요. 생각보다 더
        돌출되어 있네요.

성은   묵자랑 다르죠. 저희는 일반 활자를 묵자라고
        불러요.

슬아   혹시 '침묵' 할 때 쓰는 묵默 자인가요?

성은   아뇨. 먹 묵墨 자예요.

슬아   처음 알게 되었어요.

성은   이건 점자도서관 월간지인데요. 묵자랑 점자 두
       버전으로 제공돼요. 시각장애인이랑 비장애인 모두
       다 읽을 수 있게요.

슬아   같은 이야기도 점자 버전이 훨씬 두껍네요.

성은   점자로 쓰면 분량이 더 많아져요. 책이 두꺼워지고
       부피가 커지니까 보관이 쉽지 않죠. 책이 완전 베개
       같아요. 푹신푹신하고.

이훤   커피가 나와서 테이블 위에 올려놓았어요. 빨대
       필요하시면 말씀해주세요.

성은   고맙습니다. 커피 엄청 좋아해요.

슬아   지금 들고 계신 기계는 뭐예요?

성은   '한소네'라는 제품이에요. 작은 노트북이라고
       생각하시면 돼요. 키보드에 점자 셀이 달려 있어요.
       출시된 지 이십 년쯤 됐는데 정보 접근에 굉장히
       도움이 컸어요. 파일만 있으면 다 점자로 볼 수

있으니까요. 한글 파일이나 피디에프 파일 다 접근
가능하거든요.

슬아   읽기를 그렇게 하시는군요. 쓰기의 방법도
궁금해요.

성은   일반 노트북에 이어폰이랑 블루투스 키보드를
연결해요. 마우스나 터치패드 말고 키보드로만
조작해요. 귀에 꽂은 이어폰으로 메뉴별 설명을
들으면서요. 글은 한글 문서로 쓰는데요. 키보드로
입력한 글을 컴퓨터가 음성으로 변환해서
읽어주니까 확인하면서 쓰죠.

슬아   음절 단위로 들려주나요?

성은   음소, 음절, 어절, 문장 등 이동 단위를 설정하면
필요한 대로 들을 수 있어요.

둘은 이어폰을 하나씩 나눠 끼고 김성은이 방금 쓴
문장을 듣는다.

김성은의 한소네 점자정보단말기를 듣는 이슬아.
점자정보단말기를 누르는 김성은의 손.
그 위로 흘러내릴 듯 귀를 가까이 대고 한소네를 듣는
이슬아와 확장된 그의 눈망울.

자신이 쓴 글을 한 문장씩 소프트웨어를 통해 듣는 김성은.
수정하는 동안 십수 차례 듣기도 한다.

나란히 앉아 김성은이 쓴 문장을 듣는 김성은과 이슬아.
첫 단어를 찾으려면 귀와 손이 부지런해져야 한다.

슬아   신기한 프로세스군요. 문장이 빨리 지나가서
         놀랐어요. 비장애인이 듣는 것보다 더 빠른 속도로
         재생되게끔 조절하시죠?

성은   네. 팟캐스트도 두 배속으로 들어요. 우리는 귀로
         사니까요. 음성으로 듣다가 맞춤법이 헷갈릴 때는
         잠깐 멈추고 점자로 만지면서 확인해요.

슬아   귀로 산다는 말은 처음 들어봐요.

성은   맹인에게 정보는 귀 아니면 손이에요. 만약 누군가가
         내 앞에 있어도 소리가 안 나면 없는 사람처럼
         느껴지거든요. 손이 눈이라는 생각도 자주 해요.
         아무리 들어도 만져보지 않으면 개념이 잘 안
         잡히고요. 우리끼리는 백 번 듣는 것보다 한 번
         만져보는 게 훨씬 낫다고 얘기해요.

슬아   선생님의 책을 읽는 동안엔 시각장애를 떠올리지
         않는 시간이 더 길었어요. 시각적인 문장이
         예상했던 것보다 많아서요. 독자 앞에 장면을
         그려주는 듯한 문장들이요. 시력을 잃기 전에

보셨던 것들이 풍성해서일까요? 후천적으로
시각장애를 가지게 되셨으니까요.

성은 고등학교 1학년 때까지는 겨우 혼자 돌아다닐
수 있을 만큼은 보였어요. 시각적인 이미지는
그때까지의 기억에 근거했을 것 같아요. 오히려 저는
제 글이 너무 내면에만 치우치지 않았나 싶어요.
비주얼의 세계를 잊어먹고 사는구나.

슬아 제게 시각적인 장면으로 남은 문장은 이런
것들이에요. 선생님 딸 유주가 발렌타인데이를 겪는
부분이요.

유주가 도복을 입고 허리에 빨간 띠를 맸다. 두툼한 패딩
점퍼 주머니 속에 네모난 초콜릿을 넣었다.
"엄마. 나 용기가 안 날 것 같아." (…)
주머니 속 초콜릿 하나를 단짝 친구에게 줄까 말까
망설이다가 불쑥 여자 사범님께 건네었을 작은 손은 빨간
단풍잎 같았을까?[+]

+ 김성은,《점자로 쓴 다이어리》, 신아출판사, 2021년, 76쪽.

성은   오래전에 흐릿하게 봤던 기억이 있으니까 무의식이
       그걸 기억해서 쓰나 봐요. 제일 집중하는 건
       청각이랑 촉각이에요.

슬아   듣는 감각과 만지는 감각이 고도로
       민감해지셨겠지요?

성은   점자를 초등학교 때 배웠거든요. 어릴 때 배우면
       습득이 빨라요. 성인이 되어서 시력을 잃으면
       촉감도 무뎌져서 배우는 게 더디고요. 어차피
       시각장애인으로 살아갈 운명이니까 어릴 때
       배워놓은 게 다행이라는 생각도 해요.

슬아   월화수목금요일이 어떻게 흘러가세요?

성은   평일엔 오전 8시 10분에 출근해요. 활동 지원
       선생님이 차를 몰고 저를 데리러 와주세요. 1교시는
       9시 20분부터 시작되는데요. 제 과목은 이료[+]재활

   +   안마, 마사지, 지압 등의 수기요법과 침, 뜸, 전기치료 등의 기타
       자극요법을 일컫는 말이다.

전공과정이에요. 사회생활 하다가 눈이 나빠진
사람들에게 재활 교육과 직업 교육을 해요. 중도
실명한 성인 학생들 대상이고요. 하루에 적으면 네
시간, 많으면 여섯 시간 수업하죠. 나머지 시간은
회의하고 연수하고. 무척 바빠요. 퇴근 시간이
5시인데 어떤 느낌이냐면…… 그런 거 있잖아요.
긴 미끄럼틀에 올라갔다가 정신없이 쭉 타고
내려오면 5시가 되는 느낌?

슬아   멈출 수 없이 막 진행되는군요!

성은   항상 그래요. 이료와 관련된 교과가 다양해서 할
        일이 많아요. 기초의학, 안마 실습, 침놓는 것까지.

슬아   전공하신 이료는 타인의 몸을 만지는 일인데요.
        처음부터 익숙하셨을 것 같진 않아요.

성은   어려웠죠. 거부감도 좀 있었던 것 같아요. 나는
        안마 배우고 싶지 않은데 시각장애인이 되었고,
        특수학교를 다녀야 했고, 맹학교의 교육과정이
        이러니까 선택의 여지가 없었거든요. 영어, 수학

같은 수업이 아닌 직업 교과 위주로 된 학교니까요.
그런데 이료 교사로 이십 년을 살아보니, 이 기술이
얼마나 유용한지 알겠더라고요.

안마, 마사지, 지압 교과에는 '수기가 인체에 미치는
영향'이라는 단원이 나옵니다. '혈액순환 촉진에 노폐물
배설을 항진시키는 것은 물론, 근긴장을 해소하여
자율신경실조를 치료하는 놀라운 기술이 바로 안마요,
마사지요, 지압이다'라고 가르치다가 학생으로부터
약장수 같다는 놀림을 받기도 했어요. 침과 뜸으로
요통이 가라앉고 변비가 해결되는 것을 몸소 체험하면서
겁쟁이 학생들에게 잔소리를 퍼부었습니다.
"졸업하고 나서 후회하지 말고 선생님들 가까이 있을
때 부지런히 배워라. 이료는 참말로 좋은 기술이더라.
침도 뜸도 생각보다 안 아프다. 무조건 많이 만져보고
뭉친 근육을 찾아 풀어라. 관절의 운동 범위를 생각해라.
피술자에게 신뢰감을 줄 수 있으려면 본인도 많이
받아봐야 한다."[+]

[+] 김성은, 〈이료가 좋다〉, 《하상매거진》 6월호(131호),
하상시각장애인도서관, 2022년, 6쪽.

슬아   한때 배우기 싫어했던 과목을 가르치는 선생님이
         되셨군요.

성은   맞아요. 십 대 때의 저와 비슷한 학생들이 많죠.
         비슷한 과정을 겪었으니까 이해할 수 있어요.
         강요해서 될 일도 아니고요. 제자들 중엔 눈 말고
         다른 부위도 아픈 애들이 많아요. 그래서 일단
         너 자신의 건강을 관리하는 차원에서 이료를
         공부해보자면서 꼬시죠.(웃음)

슬아   책과 맺어 오신 관계가 궁금해요. 시력이 변화해온
         과정도 자세히 알 수 있을까요?

성은   초등학교 때부터 십 년에 걸쳐 시력 저하가
         진행되었어요. 눈으로 책을 본 기억은 없고 테이프에
         녹음된 책을 들었어요. 저에게 독서는 거의 듣는
         일이에요. 손으로 점자를 빨리 읽는 편이어도,
         만지는 속도가 듣는 속도보다 빠르지는 않아요.
         듣는 독서가 제일 편해요.

슬아   맹인에 관한 표현 중 '눈이 어둡다'는 말을 흔히

쓰잖아요. 근데 정말 눈으로 어두운 감각을
느끼시나요?

성은   아니에요. 저는 오히려 밝은 형광등 속에 있는
느낌이에요. 눈을 감든 뜨든 낮이든 밤이든 하얗게
되어 있어요. 시각장애인들끼리는 그런 농담을 해요.
"지금 해가 뜬 거냐, 진 거냐."(웃음)
근데 사실 촉각으로 조금은 알 수 있어요. 외출하면
햇빛이 있을 때랑 없을 때랑 느낌이 다르거든요.

슬아   어떻게 다른가요?

이훤   빛이 피부로 느껴지시나요?

성은   온기도 다르고요. 햇빛이 피부에 닿는 촉감이
있어요. 그걸 느끼면서 제가 "오늘 볕이 좀
있나봐요"라고 얘기하면 활동지원사가 대답해요.
"맞아요. 오늘은 쨍해."
빛을 촉감으로 아는 거예요.

이훤   시간을 만지면서 알게 되는 거구나.

김성은의 망막. 꺼지지 않는 방.

성은   맞아요. 동물의 더듬이처럼요. 제 직업인 이료도 다
       촉각적인 요소들이잖아요. 저에게 시각을 보상하는
       감각 중 가장 큰 부분이 촉각이지 않나 싶어요.

슬아   저는 선생님이 매우 신중하고 조심스럽게
       살아가시는 분일 거라고 예상했었어요. 그런데
       책을 읽다 보니 자전거를 막 몇십 킬로미터씩 타는
       내용이 나오는 거예요. 가끔은 과격한 스포츠도 막
       하시고요.

성은   기본 체력이 좋아요. 자전거는 어렸을 때부터 탔고
       별로 안 무서워요. 시력을 완전히 잃고 나선 이
       인용 자전거밖에 못 타지만 앞에 믿는 사람이 앉아
       있으니까 그냥 막 페달을 밟죠.

슬아   자전거로 내리막길을 질주하신다고 쓰여 있어서
       충격받았어요. 아니 선생님, 안 보이는데 그렇게
       쌩쌩 달리시면…… 심지어 다음 페이지에서는
       스키를 타고 계시던데요.

       대학교 1학년 때 보광피닉스파크에서 진행된 장애인

스키 캠프에 참가한 적이 있었다. (…) 눈길에서
미끄러지는 스키 감촉에 매료되어 겁도 없이 중급자
코스에 올라갔고, 신나게 탔다. (…) 스키를 타고서 배짱
좋게 슬로프를 가르던 스무 살 여대생은 두발자전거에
걸터앉아 주춤거리는 중년이 되어 있었다. 추운 줄도
몰랐던 그 겨울 스키장 안에 경쾌하게 울려 퍼지던
코요테 '순정' 소리가 기억 저편에서 아련히 들려오는
듯했다.[+]

성은   스키 탈 때는 뒤에서 보조해주는 분이 계세요.
　　　　그분이 뒤에서 바짝 따라오는 거예요.

슬아   '이렇게 가라, 저렇게 가라' 지시하는 분이군요.

성은   근데 멀어지면 그분 목소리가 잘 안 들릴 때가 있어.

슬아   그럼 어떡해요?

성은   요새는 블루투스 이어폰으로 스키를 교육한다는데

[+]　　김성은, 《점자로 쓴 다이어리》, 41쪽.

제가 배울 때는 그런 게 없었거든요. 뒤에서 누가
저한테 겁나 소리 지르는 거죠.
"왼쪽!!" "오른쪽!!!"(일동 웃음)

비장애인 동료 교사가 집에서 베란다 유리문이 닫힌 것을
모르고 진짜 제대로 박치기했다는 얘기를 듣고 웃었다.
"아니, 나야 눈을 감았으니 여기저기 부딪히고
다닌다지만 선생님은 뭐야?"
편견은 꼭 유리 같다. 너무 맑고 투명해서 언뜻 보면 없는
것처럼 보이지만, 막상 부딪히고 나면 그 실체가 선명하게
드러난다.[+]

슬아   선생님의 농담을 좋아해요. 맹인 친구들끼리
        "마음의 눈으로 봐~" 하신다면서요.

성은   우리끼리는 이렇게 놀려요. "아니, 눈 좀 떠봐~
        좀 봐봐~" 진짜 눈물과 웃음이 같이 나는 그런
        순간들이 있어요. 가슴 찡한데 웃게 되는.

[+]   같은 책, 173쪽.

슬아　글 속에서 선생님 딸로 등장하는 유주도 그런
　　　　존재죠? 웃음과 눈물을 같이 주는. 속 깊은
　　　　어린이라고 느꼈어요.

성은　제 딸은 엄청 쿨해요. 지금 초등학교 5학년인데
　　　　유주만의 매력이 있거든요. 유주에게 엄마의
　　　　장애가 그늘이 되지 않았으면 해서 제가 일부러
　　　　장난도 치고 그래요. "야. 심청이는 심 봉사를 위해
　　　　인당수에도 빠졌다는데~."

슬아　심 봉사 드립을 치시다니……

성은　그렇게 말하면 유주는 한술 더 떠서 "엄마, 나
　　　　바빠~" 하고 쿨하게 넘겨요. 장애를 웃으면서
　　　　얘기할 수 있는 것으로 만들어주고 싶다고
　　　　생각했는데요. 유주는 그렇게 할 수 있는 아이예요.
　　　　한번은 제가 안 보이는 걸 아니까, 저 몰래 휴대폰을
　　　　보는 거예요. 그래서 제가 "야. 엄마가 안 보인다고
　　　　그러면 쓰겠냐?" 했더니 유주는 또 "아이, 들켰네"
　　　　막 이렇게 가볍게 넘어가요.

슬아   비장애인 부모 밑에서도 자식들은 감시망을 피해
      온갖 짓을 하잖아요.

성은   맞아요. 그렇게 생각하면 되는데 혹시 제가 내
      감정에 갇힐까봐 경계해요. '내가 못 보니까 우리
      딸이 저러는구나……' 이런 식으로 생각하기
      시작하면 답이 없잖아요. 한없이 불행해질 것
      같은 거예요. 유주가 가볍게 넘어가는 게 그래서
      고마워요. 밝게 커줘서요. 앞으로도 밝게 키우고
      싶어요.

슬아   십이 년째 엄마로 지내고 계시지요. 임신하고
      출산하실 무렵엔 어떠셨어요?

성은   지금은 의안인데 결혼할 무렵엔 의안이 아니었어요.
      전맹이었죠. 불빛 감별도 어려운 상태요. 남편이랑
      얘기했어요. 아이 낳지 말고 둘이 살자. 그런데 살다
      보니 낳고 싶어지더라고요. 기다려지는 거예요. 제가
      귀로 산다고 말씀드렸잖아요. 서른넷에 임신하고선
      초음파로 애기 심장 소리를 들었는데요. 실감이
      났어요. 진짜구나…… 두려움도 있었죠. 내가

엄마 역할을 잘 할 수 있을지. 근데 두려움보다
설렘이 컸어요. 유주가 태어난 뒤부터는 걔가
저를 키워주는 아이 같다는 생각을 했어요. 나를
어른으로 키워주는구나…… 여러 상황 앞에서 더
성숙하게 대처하게 만들어주는구나. 출산할 때는
처음으로…… 유주가 보고 싶더라고요. 사실 남편은
딱히 보고 싶다고 생각해본 적 없거든요.

슬아   남편분은 왜 딱히……?

성은   그냥 어떻게 생겼는지 별로 궁금하지가 않았거든요.
만져보면 대충 알겠고……(웃음) 이미 본 것 같은
친숙함이 있어요. 남편이 저한테 안마 받는 걸
되게 좋아한단 말이에요. 그래서 신혼 때 안마를
정말 열심히 해줬어요. 저 때문에 남편이 감수하는
것도 많고 제가 못하는 걸 많이 커버해주기 때문에
미안한 마음이 크니까요. 안마를 해줘서 남편 몸을
편안하게 해줘야겠다고 생각했어요. 순수하게 그런
보상을 해주고 싶어서 열심히 해줬는데요. 남편이
제 안마에 너무 중독이 되어가지고……(웃음)

슬아   그나저나 종일 안마 교육하고 오시는데 집에서 또
        하려면 힘들지 않으세요?

성은   엄청 힘들죠. 그리고 제 감정도 왔다 갔다 하잖아요.
        남편이 예뻐 보일 때도 있지만 미워 보일 때도
        있으니까요. 그럴 땐 잘 안 해주기도 하고……
        암튼 남편 얼굴을 꼭 봐야겠다는 생각은 안
        해봤어요. 그런데 아기는 다르더라고요. 보고
        싶더라고요. 못 보니까 딸아이 얼굴과 몸을 매일
        씻기며 손으로 확인해요. 저에게 본다는 건 그런
        거예요. 얼마나 컸는지, 얼마나 통통해졌는지,
        매일매일 촉감으로 관찰하며 보고 또 봐요.
        한번은 처음으로 딸아이의 재롱잔치에 갔어요.
        율동을 되게 잘하거든요. 무대에서 아이가 춤을
        너무 잘 춰서 분위기가 좋아지니까 사회자분이
        마이크에 대고 그랬어요. 이 여시코빼기 엄마
        누구냐고. 선물 줄 테니까 나와보라고. 근데 저는
        원거리에 있는 정보를 인식할 수가 없어요. 게다가
        모르는 사람들 사이에서 혼자 앉아 있으니까
        무대로 나갈 수가 없는 거예요. 아이가 거기 있는데
        못 나갔어요. 너무 속이 상하더라고요. 아이가

얼마나 잘하는지 못 본다는 게. 그때는 유치원에서
재롱잔치 영상을 시디로 구워서 나눠줬어요.
식구들이 거실에 앉아서 그걸 또 틀어봤죠. 근데 네
살짜리 딸이 제 손을 딱 잡더니 제 손가락을 펴서
화면에 찍어주는 거예요.
"엄마. 여기 나 있어."

슬아와 이훤 (눈물 훔친다.)

워터파크에서 유주는 날개를 달았다. 워터 슬라이드를
열 번 넘게 탔어도 모자란다고 했다. 실외 파도 풀에도
서슴없이 들어가 잠수를 선보이는가 하면 배영을 한다며
"엄마. 나 만져봐" 했다. 풀장 사이를 오갈 때면 유주가 내
손을 꼭 잡고 계단을 일러주었다.
"엄마. 조금 불편해도 나랑 같이 노니까 좋지?"[+]

슬아　선생님 카톡 프로필로 유주 사진을 여러 장 봤어요.
　　　계절마다 새로 올라오던데요.

[+]　같은 책, 57쪽.

성은   가족들이 대신 프로필 사진을 바꿔줘요. 지금
         사진은 아마 제 동생이 올린 유주 사진일 거예요.

슬아   선생님 사진을 프로필로 올린 적은 없으세요?

성은   네. 사진이라는 세계가 저하고는 매칭이 잘 안 돼요.

이훤   시각장애인에게 사진이라는 게 무엇일지 알고
         싶었어요.

성은   저를 포함해서 대부분의 시각장애인은 사진에
         관심을 두지 않아요. 애초에 접근 불가능한
         영역이라 그런 것 같아요. 사진은 본의 아니게 제가
         훼손할지도 모를, 두려운 무엇이거든요. 주변에
         똑똑한 시각장애인들한테도 사진에 대해 어떻게
         생각하냐고 물어봤어요. 하나같이 관심 없다는
         건조한 대답이 돌아왔고요. 짠했던 것은, 고등부
         남학생 하나가 지금 저시력이라 형태만 겨우 볼
         수 있는데요. 만약 결혼을 하게 되면 결혼사진은
         간직하고 싶을 것 같다고 하더라고요. 혹시 나중에
         늙어서라도 과학이 발전하면 어쩌면 그 사진을 볼

기회가 있을지 모르니까…… 사진을 간직해두고
싶다는 말에 가슴이 시큰했어요.
사실 손으로 만져서 어떤 이미지를 이해하기란
어려워요. 더욱이 그 이미지에 대한 사전 경험
없이는 불가능하죠.
요즘엔 미술관에서도 오디오 정보와 화면 해설을
일부 제공한다고 들었어요. 그래도 감상 폭은
한정적인 것 같아요. 저에겐 음미하고 사유하는
시간 자체가 소리로 이루어져 있어요. 근데
저는 시각장애인이 자가당착에 빠지기 쉽다고
생각하기도 해요. 개인 성격 차도 있겠지만
뭐랄까, 정보 습득이 수직적이랄까요? 결론을
빠르게 내리거나 단정 짓는 경향이 있는 것
같아요.
제 주변에 있는 비장애인들은 농반진반으로 그런
말 해요. 맹인들 입만 살았다고. 제 남편은 저에게
똥고집이라고 말하기도 하고요. 가령 그런 거지요.
시각장애인에게 여행은 무슨 의미인가? 우리끼리는
이런 웃픈 농담을 합니다.
"야. 맹인들 차 태워서 몇 바퀴 빙빙 돌다가 아무
데나 내려주고 여기가 소록도다 하면 소록도인 줄

아는 거 아니냐.”

슬아   (박장대소.)

성은   저희는 소리로 세상과 소통하기 때문에 역시 모든
        정보를 청각으로 느끼고 해석하고 기억하지요.
        새로운 소리에 굉장히 민감해요. 그래서 음악적
        소양이 뛰어난 시각장애인들이 많고, 사람의 말투와
        뉘앙스에 예민하게 반응하지요.

슬아   맹인들 특유의 직관이 깊겠어요.

성은   누가 나를 바라보고 이야기하는지, 아니면 고개를
        푹 숙이고 있는지 다 느껴져요. 어떤 책에서
        ‘목소리를 본다’는 문장을 읽었는데요. 정말 무릎을
        탁 쳤어요. 목소리만 들어도 상대가 얼마나 성의껏
        대화에 임하고 있는지 알거든요. 겉모습을 보지는
        못하지만 속마음은 알 것 같은 그런 촉이요.
        살아남기 위한 저만의 촉.

슬아   때로는 듣기를 쉬고 싶을 때도 있으실 것 같아요.

성은   소리로 사는 사람한테 소음이라는 건 진짜 쉽게
         분리될 수 없는 무엇이에요. 빛은 보기 싫으면
         눈을 감으면 되잖아요. 하지만 소음은 귀를 막아도
         들려요.

슬아   통제할 수 없는 정보들이 계속 들어오니까요.

성은   사실 제 남편과 유주도 보통 하이텐션이 아니에요.
         에너자이저라서 요란하단 말이에요. 집에서도
         항상 걸그룹 댄스 음악을 크게 틀어놔요. 그러다
         조용해지면 너어어어무 편안해지는 거 있죠. 소음이
         없는 공간에 있을 때 비로소 쉴 수 있어요. 저는
         밤을 되게 좋아해요. 식구들 다 잠들고 나면 그제야
         좀 편안해져요. 조용하니까.

슬아   그 시간에 글을 주로 쓰시겠어요.

성은   네. 주말에는 도서관에 가고요.

         직장 말고 집 말고 갈 곳 없어 헤매던 맹인의 도피처다.
         시립도서관 장애인실에 입장했다. 처음 방문했을

적엔 사용하는 이가 없어 열람실이라기보다는 창고에
가까웠다. 우호적인 성격의 내가 전에 없이 시청 민원을
제기하자 열람실 꼴이 갖춰졌다. 허겁지겁 그곳에
진입하고 싶었으나 코로나가 퍼졌다. 모든 업무가
비대면으로 전환되면서 도서관 출입이 다시 막혔다. 꼬박
두 해를 넘게 기다리고 나서야 다시 출입할 수 있었다.
최강 소심 맹인은 활동지원사와 도서관 건물 구조를
탐색했다. 흰 지팡이를 들고 몇 걸음 안 되는 로비를
일곱 번 정도 왕복했다. 화장실 위치를 익혔고 장애인실
출입문 찾기를 연습했다. 데스크에 앉은 직원들이며
어린이 자료실 이용자들 시선이 모조리 내 몸에 꽂히는
것 같아서 뒤통수도 앞통수도 따끔거렸다.

이곳은 오롯이 내 독서 소리로만 채울 수 있는 감격의
공간이다. 생활 소음 없는 축복의 방이다. 방해받지
않는 안전한 이곳에서 책 속으로 다이빙한다. 나의 독서
세계에는 많은 작가들이 살고 말하고 연결된다. 침을
튀기며 성토하기도, 찰지게 욕설을 내뱉기도, 폼 나게
담배를 피워 물기도 한다. 소설을 읽을 때는 주인공이
관통하는 사건 사고에 한바탕 같이 휩쓸리고, 생소한
분야에서 일하는 이들의 진솔한 이야기에 호기심 반,

감탄 반으로 정신없이 문장과 행간을 곱씹는다.[+]

슬아   선생님이 얼마나 그 시간을 소중하게 얻어냈는지
         알겠어요. 읽고 쓰는 시간이요.

성은   속상한 일이나 하소연하고 싶은 일을 글로 쓰고
         나면 남들한테 요란하게 말 안 하게 되어 좋아요.
         민폐 안 끼치고 조용히 잘 처리했다는 느낌도
         들고요. 읽을 수 있다는 것도 참 감사해요. 소음이
         없는 곳에서 어떤 사람의 글을 읽으면요, 모든 방해
         요소가 다 사라지고 작가와 나만 딱 독대하는
         느낌이 드는 거예요. 그게 너무 좋아요. 예의 바른
         만남 같아요.

슬아   예의 바른 만남……

성은   그럴 때가 있어요. 대화하다가 상대방이 중간에
         화장실에 간 거예요. 가족들 같은 경우엔 잠깐
         다녀올 거니까 저한테 굳이 애길 안 하고

    +   김성은, 미발표 산문.

일어나기도 하거든요. 근데 저는 그걸 모르고
허공에 대고 한참 말을 하는 거죠. 앞에 아무도
없는데 있는 줄 알고 계속. 그걸 알아차리면 엄청
창피해요. 밖에서 혼자 그러고 있으면 남들이
저 여자 미친 줄 알겠다 싶고. 그래서 저도 모르게
말할 때 상대방의 팔뚝이나 손을 슬쩍 잡기도 해요.
"있잖아" 하면서요. 앞에 있는 걸 확인하려고.

슬아 그렇군요. 저희 아까 처음 만났을 때 제가 반가워서
선생님 손을 덥석 잡았잖아요. 사실 잡자마자
후회했거든요. 선생님 입장에서는 어디에서
나타났는지 모를 손에 갑자기 붙잡힌 거니까
놀라실 수 있을 것 같아서요. 조심성이 없었다고
생각했어요.

성은 저는 너무 고마웠어요. 모든 시각장애인이 그럴지는
모르겠지만 저의 경우, 손을 잡고 인사하는 게
좋아요. 그래야 상대방이 어디에 있는지, 내가
어디를 바라봐야 되는지 알 수가 있거든요. 손
잡아주시면 고맙죠.

슬아   선생님이 미리 저의 존재를 알아차리실 수 있게
       제가 멀리서 다가갈 때부터 소리를 내면서
       가까워지면 어떨까요? 소리를 균일하게 내면서
       다가가는 거예요. 난데없이 휙 나타난 소리에
       당황하지 않게.

성은   맞아요. 간혹 너무 갑자기 다가오면 진짜 놀라요.
       섬뜩할 만큼 많이 놀랄 때도 있어요.

슬아   선생님께 저항이란 무엇이에요? 저는 타고나지 않은
       저항심을 주변의 훌륭한 친구들 보면서 후천적으로
       기른 편에 더 가까운데요. 선생님은 어떠세요?

성은   저도 저항과는 거리가 먼 사람이었어요. 속상한
       일 있어도 그냥 넘기거나 혼자 울고 말았죠.
       게으르기도 했고요. 민원을 제기해서 변화를
       만든다든지 이런 일은 잘 못했어요.
       근데 한번은 혼자서 기차를 타러 간 적이 있어요.
       요즘엔 기차역에 안내 시스템이 제공되거든요.
       역에서 표를 끊으면서 "시각장애 안내 좀
       부탁드릴게요" 하면 역무원이 기차까지 안내를

해주세요. 보통 잘 해주시는데, 그날은 그렇지가
않았어요. 담당자분이 피곤한 상태였나봐요. 제가
요청드리니까 짜증내면서 "아유, 바빠 죽겠는데
와가지고……" 하시는 거예요. 보통 승강장
앞까지는 꼭 바래다주시는데 그분은 갑자기
사라지시더라고요. 당황했죠. 기차 들어오고 나
이거 타야 되는데…… 제가 안절부절못하니까
지나가시던 분이 이 기차 타셔야 하냐고
물어보셨어요. 그분 도움으로 겨우 탔는데, 되게
속이 상하더라고요. 처음엔 그 사람이 바빴나보다
생각했어요. 그런데 저한테 "여기 조금만 계세요.
금방 올 게요"라고 말이라도 하고 갔으면 낫잖아요.
노골적으로 짜증을 부리다가 아예 사라져버리니까
저도 마음이 상하는 거죠. 그때 처음으로 민원이란
걸 넣어봤어요. 민원을 쓰면서 그 사람 이름을
기록하고 싶은데 명찰을 못 보니까 알 수가
없었어요. 눈이 보였다면 명찰을 봤겠지만 못 보니까
누구인지 모르겠다고, 그런 문장을 민원에 썼던 게
기억나요.

슬아　　선생님. 차별받은 사람이 저항하는 사람이 되는 건

228

전혀 당연한 일이 아니래요. 제가 좋아하는 홍은전
작가님의 말씀인데 선생님께도 꼭 전해드리고
싶었어요. 당연하지 않기 때문에, 누군가가 저항할
때 예전보다 더 주목하게 돼요. 선생님의 글쓰기
자체가 저항이라는 생각도 하고요.

성은   시각장애인이 어떤 감각과 감정 속에 있는지
       비장애인들은 잘 모르잖아요. 모르니까, 제 글을
       통해서 조금이라도 알게 할 수 있다면 과분할
       정도로 좋은 일이에요. 저는 노희경 작가님을 되게
       좋아하는데요. 드라마에 그런 대사가 나와요.
       장애인을 봤을 때 어떻게 해야 하는지 몰라서
       그랬다고. 학교에서 안 배웠다고……
       장애인에 관한 교육과 시스템이 아직 부족한 것
       같아요. 공문서에서는 너무 이상적인 얘기만 해요.
       맨날 통합 교육 얘기하잖아요. 장애인과 비장애인의
       통합 교육을 지향한다고 하는데, 현실은 괴리가
       커요. 장애인은 기초생활수급자가 많은데요. 나라가
       주는 작은 경제적 도움이 한정적이고 시혜적이에요.
       물론 수급자 판정을 받으면 몇 가지 혜택이 있어요.
       병원비랄지. 그런데 실제로 장애인들이 일할 수 있게

일자리를 마련하는 제도는 부족해요. 일자리를
갖게 되면 수급자 혜택이 다 없어지기 때문에
직업을 갖기 어려운 거예요.

슬아 장애인들을 계속 그 상태로 두게끔 하는
시스템이네요.

성은 맞아요. 장애인들은 아픈 곳이 많아서 병원 갈
일이 잦거든요. 수급자로 있어야 병원비가 덜
나가요. 일을 시작하면 그 혜택이 없어지고요. 우리
학생들도 취업하면 마이너스니까 섣불리 시작을 못
해요. 그런 게 되게 안타까워요. 일할 기회를 많이
만들어주고, 장애인들도 응시할 수 있도록 접근성을
개선해주는 게 맞잖아요. 그런데 그냥 리그가 다른
것처럼 대해요.

슬아 제도가 어떻게 더 나아질 수 있는지 계속 공부하고
요구해볼게요. 저는 책을 쓰고 출판사를 운영하니까
출판계가 할 일을 고민하게 되는데요. 책에 대한
접근성도 비장애인과 똑같지 않을 것 같아요.

성은   국립중앙도서관에서 시각장애인용으로 작업한
책들만 다운받을 수 있어요. 그걸 장애인 대체
도서라고 해요. 저희가 읽을 수 있게 별도로 작업을
마친 도서들이요.

슬아   모든 도서를 그렇게 제공하지는 않는군요.

성은   네. 신간의 경우 저희가 신청하는 것 위주로
작업해주는데 거의 두 달 정도 걸려요. 이슬아
작가님 책처럼 인기가 많으면 한 달 만에 나오기도
해요.

슬아   많은 책이 빨리 작업되도록 저도 신경 써야겠어요.
선생님, 또 무엇을 바라세요?

성은   평생소원 중 하나가 혼자 여행하는 거예요. 장벽을
허물고 밖으로 나가려는 의지가 저에게 충분하지
않았던 것 같아요. 여자이고 시각장애인이고
전맹이니까. 그런데 상황이 비슷한 사람 중
혼자 여행하시는 분도 계시더라고요. 그리고
사소하게는…… 이런 카페에 혼자 와보고 싶어요.

슬아   혼자 카페에 오면 무얼 하실 거예요?

성은   글 쓸 것 같아요. 다른 작가들처럼…… 아직 못
해봤어요. 용기가 안 나서.

슬아   혼자 카페에 오면 무얼 하실 거예요?

성은   글 쓸 것 같아요. 다른 작가들처럼…… 아직 못
해봤어요. 용기가 안 나서.

의자에 앉아 이슬아를 기다리는 김성은.
기다리는 김성은을 바라보는 이슬아.
연습해야 할 건 우리가 연결되어 있다는 믿음.

바람이 새어나갈 만큼만 뚫려 있는 방과 방 사이.
그 앞에 선 김성은.

서로 다른 몸이 내는 소리로 소란스러운 이 세계에서
우리는 만난다. 뙤약볕 내리쬐는 어느 여름날 김성은과
나는 마주 보며 서 있다. 마주 선 우리의 손을 이훤이
카메라에 담는다. 카메라 앞에서 김성은의 움직임은 평소와
크게 다르지 않다.

그는 그림자 속으로 들어갈 때나 흰 방에 입장할 때나
똑같은 속도로 걷는다. 내가 그를 뚫어지게 바라보아도 원래
짓던 표정을 잃지 않는다. 별다른 경직 없이 편안해 보인다.
비장애인들은 시선 때문에 자주 굳곤 하는데. 상대로부터
시선을 돌려받는 이에게 생기는 특유의 경직을 그에게선
찾을 수 없었다. 보이지 않기 때문에 생기는 자유 또한
그에게 깃들어 있음을, 그의 일부는 응시로부터 해방되어
있음을, 사진 찍히는 그의 모습을 보다가 알게 되었다.

이훤은 김성은을 만나고 돌아와 자신의 세 번째 시집
《양눈잡이》를 완성했다. 그 시집의 마지막 페이지에는 이런
문장이 적혀 있다.

　　당신은 무엇을 보는가. 양 눈으로 보는가. 어느 눈이

나란히 선 채 접이식 손거울을 보는 이슬아와 김성은.
거울 왼편에 이슬아의 눈이, 오른편에 김성은의 눈이 비친다.

무엇을 데리고 오는가. 무엇을 두고 오는가. 친구여 두 눈을 떴지만 늘 흰 방에 머물러 있다면 오늘 당신은 무엇으로 보는가. 손인가. 소리인가. 우릴 구성하는 타인인가.[+]

우리의 친구 김성은은 손과 귀로 본다. 보디랭귀지와 사운드랭귀지로 세계를 구성한다. 김성은이 사용하지 않는 물건은 이를테면 이런 것이다. 거울, 볼펜, 그리고 손전등. 그는 거울 없이 자신을 정돈하고 집 밖으로 나선다. 볼펜 없이 두꺼운 책을 쓴다. 손전등 없이 밤을 가로지른다.

김성은이 쓴 것 중 특히 좋아하는 글을 함께 읽고 싶다. 그의 딸이 온라인 품세 심사에 도전하고 남편은 무통 침을 맞은 채 잠든 어느 토요일 오후. 그는 미래의 자신에게 편지를 썼다. 사십 대의 김성은이 언젠가 할머니가 되었을 자신에게 미리 보내둔 편지다. 그의 목소리도 함께 덧붙인다. 낭독해달라는 나의 부탁에 그가 쑥스러움과 맞서면서 손끝으로 점자를 만지며 이 글을 낭독했다.

[+]　　이훤,《양눈잡이》, 아침달, 2025년, 134쪽.

운명을 나누어 가진 두 사람이 함께 웃고 울고 원망하고
화해하고 이해했던 날들이 십삼 년만큼 쌓였습니다.
앞으로 이 세월보다 곱절이나 긴 시간을 함께할 테지요?
당신에게는 단 한 사람으로 남을 남자가 거실에서 곤히
자고 있습니다. 넉넉하게 이해하시지요? 저 남자에게도
같은 페이스로 운동하고 같은 곳을 바라볼 수 있는 벗이
필요했음을……

할아버지가 된 그를 아껴주십시오. 내가 가지지 못한
그의 자유를 어지간히 시샘했습니다. 눈먼 아내에게
가을을 알려주고 싶어 라이딩 중에 코스모스를 만질 수
있게 해준 남자라서, 아내가 좋아하는 안주에 맛있는
콩나물국까지 끓여놓는 남자라서, 그리고 자기 인생을
통째로 내게 준 남자라서 바라는 것이 많았나 봅니다.
두 분 모두 명예롭게 은퇴하고 여유로운 노후를 보내고
계셨으면 좋겠습니다.(⋯)

당신은 글쓰기 관련 일을 하며 제2의 인생을
살고 계시겠다고 약속해주십시오. 어디서 누구와
무엇을 하고 있든 꼭 여덟 권 출간 이력을 가진 중견

작가가 되어 계시기로 말이에요. 존경하는 장영희
작가처럼 소탈하면서도 깊은 통찰이 묻어나는,
슬픈 마음에 위로가 되는 작은 불씨 같은 글이면
충분합니다. 기다려주십시오. 먼 훗날 당신을 만날
때까지 비틀거릴지언정 포기하지는 않을 수 있도록
응원해주십시오.

당신 심장이 뭉근한 불꽃처럼 붉은색이었으면
좋겠습니다. 뜨거운 눈물이, 두근거리는 설렘이 찰나의
순간이어도 생생하게 전율하셨으면 좋겠습니다. 더
깊어진 시선으로 그윽하게 감동하고 감사하겠노라
약속해주십시오.

당신을 사랑합니다. 장애에 매몰되어 상처 내고 밀어냈던
스스로에게 미안해서라도 오롯이 사랑하겠습니다.
기필코 사랑에 매진해보겠습니다. 당신과 가족들 모두
행복하시기를 기원합니다.[+]

[+]　김성은, 《점자로 쓴 다이어리》, 224~227쪽. 이 산문의 제목은
〈할머니 안녕하세요?〉이다. 248쪽에 김성은의 낭독을 들을 수
있는 QR코드가 있다.

그는 미래의 자신에게 약속해달라고 청한다. 글을 쓰고 있겠다는 약속. 자신의 남자를 아껴달라는 약속. 삶에 전율하라는 약속. 나를 기다려달라는 약속. 이 편지를 받는 사람은 마치 최상급의 언니 같다. 그 여자는 이미 김성은 안에 있다. 삶은 지나간 나와 앞으로 올 나를 동시에 데리고 가면서 흘러간다.

나는 그의 낭독회를 상상한다. 두 번째 혹은 세 번째 책을 쓴 그가 조심조심 무대에 입장하면 내가 객석을 향해 그를 소개할 것이다. 그곳에서 김성은은 맞은편의 목소리들을 본다. 독자의 웃음과 한숨과 고갯짓도 본다. 그는 고요한 밤을 가장 좋아하지만, 언젠가는 독자가 내는 소리로 가득한 흰 방에 그와 함께 있고 싶다.

흰 방에서 나와 그곳의 자신을 보는 김성은을 상상하며 찍은
사진. 뒷모습을 본 적 없을 그에게 자화상을 선물하고 싶었다.
머리끈을 단정하게 매고 이파리를 만지는 광경이지만, 흰 방에
입장해 노출을 높여 시각정보를 거의 다 날리는 방식으로
찍었다. 방은 밝고 거의 보이지 않는다. 우리가 그의 공간에
입장하는 것이기도 하다.

"손바닥과 팔목만 봐도 나이를 알 수 있죠."
"두 가지 다른 사랑을 가지고 왔군."
"결투를 신청했네요."
"엄마는 늘 비추는 사람이었고
나는 자주 엉뚱한 대답을 하던 딸이었어요."
"시간에 대한 이야기군요."

흰 방
— 이훤이 김성은에게 바치는 시

친구의 눈은 방인데 그것은 닫히지 않는다
희끗한 방을 나가면 똑같이 생긴 희끗한 방이
꺼지지 않고 죽지 않고
거기
빛과 셀로판을 섞어 만든 커튼이

좋아하는 일을 할 때는 미끄럼틀같이 가요 시간이 그
러나
유주 사랑하는 너를 한 번만 볼 수 있다면

스크린에 손가락을 갖다 대며
네 살 된 유주는 엄마 나 여기 있어
무대에서
이 멋진 아이 엄마가 누구냐고 했을 때
저가 여기 있다고 나서지 못하게 될 엄마의 손가락을 옮
기어주고 나면

밤

밤에도 이 방은 희고 밝지만

밤을 좋아해요 하나의 소리 하나의 존재만 독대하는

그는 멈추지 않고 본다

손으로

소리로

듣는다 빠르게 듣는다

듣고 싶지 않을 때도

멈출 수 없어요 귀를 감을 순 없으니까

책은 나에게 예의 바른 시간

글은 소리가 없어 좋아해

몸보다 빠른 사운드랭귀지

얼마큼 나와 함께하는지

보이지 않아도 다 알게 돼 일일이 네게 그것을 말하지

않지만

그 소리조차 가끔 커튼처럼 얇고 가벼워서

보고 싶어

손끝으로 보아온 너를

보고 싶어

놀랄까봐 일부러 소리 내며 오는 너의 우정처럼

별으로 시간을 듣고
날씨의 뼈를 손으로 배우는 것도 좋지만
좋지만
한 번만 너의 얼굴을

선생님
아직 날이 흐린가 봐요 길고 폭이 짧은 비단처럼 오네
요 바람이

더듬이가 된 손으로
아무것도 만지지 않고 아무것도 듣지 않으며 천천히
감았다 뜨는 상상

키보드를 꺼내어
쓴다

마음의 눈 같은 건 없지만
당신이 내 앞에 얼마나 울창한지는 알겠어

키보드가 그것을 읽고

마음의눈같은건나에게없지만

당신이내앞에얼마나울창한지는알겠어

바람이 글자들을 가져간다

마음 의눈같 은 건없 지만

당 신이 내앞 에얼 마나 울 창한 지 는 알 겠어

촬영 중 그림자 속으로 들어선 김성은.
어두운 곳에 들어설 때도 그는 동일한 속도로 움직인다.
똑같이 흰 방에 입장하듯.

김성은의 목소리
김성은, 〈할머니 안녕하세요?〉 부분.

이흰의 목소리
이흰, 〈흰 방〉 전문.

눈동자에서 흐른 것

이 책의 240쪽에서 상상한 낭독회가 있다. 독자가 내는 소리로 가득한 흰 방에 시각장애인 김성은과 함께 있고 싶다고 적었다. 시간이 흘러 우린 정말로 그 일을 겪게 된다. 2025년 여름, 나는 김성은의 손을 잡고 서점에 걸어 들어가고 있었다. 김성은의 생애 첫 북토크 날이었다.

서른 명의 사람들로 서점이 꽉 찼다. 김성은은 긴장한 채 무대에 미리 앉아 있었다. 행사가 시작되기까지 십 분이 남았는데 그를 잠시 데리고 나와야겠다는 생각이 들었다. 안 보여도 다 느껴질 것 같았다. 조용한 가운데 그에게로 와르르 쏟아지는 독자들의 시선을. 보이지 않아서 오히려 더 압도적일 것이었다.

두 귀와 온 피부로 수십 개의 눈빛을 감지하고 있을 그에게
소근댔다. "선생님. 잠깐 바람 쐴까요?"
그는 기다렸다는 듯이 나를 따라 무대를 벗어나더니 진땀을
흘리며 말했다.
"와. 죽는 줄 알았어요. 어쩔 줄을 모르겠어……"
둘이서 사람들 몰래 웃었다. 시선의 압력이 그렇게 세다.
오래전부터 이런 자리를 꿈꿨으면서도 한편 두려웠던
우리는 바깥에서 잠시 딴청을 피우다가 정시에야 다시 서점
안으로 들어갔다. 오랫동안 염원하던 순간일수록 막상
다가오면 왜 도망치고 싶어지는지. 꼭 그런 마음일 것 같은
김성은의 손을 잡고 무대에 나란히 앉았다.

주인공의 옆모습을 양껏 바라보는 건 진행자의 특권 중
하나. 독자들을 정면으로 마주한 김성은의 얼굴엔 얇고
해사한 화장이 얹어져 있었다. 그의 친자매 영은과 혜은이
신경 써서 발라주었을 파운데이션. 입자가 살짝 보일 만큼
미세하게 떠 있는 아이보리 베이스와 연분홍색 블러셔.
어떤 사람들은 나이가 들어도 여전히 화장을 어색해하고
내 마음은 그쪽으로 쉽게 기운다. 독자가 내는 소리로
가득한 그 방에서 김성은은 분명히 사랑받고 있었다.

다 말해주고 싶었다. 앞에 앉은 독자들이 얼마나
초롱초롱한 눈망울로 당신을 보고 있는지.

양 눈 모두 의안인 김성은 옆에서 이 책의 제목을 생각했다.
갈등하는 눈동자. 나는 눈동자에 대해 무엇을 아는가.

질의응답 시간엔 내가 아는 사람 중 제일 청아한 눈동자를
지닌 이가 손을 들었다. 카운터에 기대앉은 책방 주인
요조였다. 출근길에 올려다본 하늘이 너무 아름다웠다고
요조는 말했다. 그동안 자신에게 아름다움이란 대부분
시각과 관련된 경험이었는데 김성은 작가님께서는 무엇을
아름답다고 느끼시는지 알고 싶다고 조심조심 물었다.
김성은은 대답했다.

얼마 전에 오래된 친구랑 산에 갔어요.
친구 도움을 받아서 정상까지 올랐어요.
친구가 너무 좋아하면서 말하더라고요.
"야. 여기 오니까 세상이 다 보인다.
가슴이 탁 트이는 것 같애!"
듣고선 저도 솔직하게 말했어요.

"그러게. 나도 한번 볼 수 있다면 얼마나 좋을까.
속이 다 후련하겠다!"
그 말을 하면서 편하게 울었어요.
걔 앞에선 약한 소리를 해도 되니까……
시각장애인들은 손이 눈이에요. 만지면서 세상을 봐요.
그런데 하늘은 만질 수가 없잖아요.

떨리는 김성은의 음성 사이로 독자들이 훌쩍이는 소리가
섞였다. 하늘에 손이 닿지 않는 건 누구나 마찬가지지만
볼 수 없는 사람에겐 더 사무치는 느낌이겠구나. 김성은은
요조를 향해 말했다. 당신 음악을 아주 많이 들었다고. 듣다
보면 요조의 책 제목처럼 '눈이 아닌 것으로도 읽은 기분'이
들었다고.

객석에서는 또 다른 독자가 손을 들었다. 김성은의 오랜
친구 김혜영이었다. 그는 질문 대신 김성은을 바라보며 편지
쓰듯 소리내어 말했다.

성은아. 가끔 네가 그러잖아. 온전한 하나이고 싶다고. 너
자신이 절반인 것 같다고. 하지만 나는 그렇게 생각하지

않아. 왜냐하면…… 우리는 사람을 쓸모로 따지지
않으니까……

그 말을 하는 김혜영의 눈가가 금세 축축해졌다.
그 말을 듣는 김성은의 눈에서 주룩주룩 눈물이 흘렀다.
나는 옆에서 같이 울다가 휴지가 없는지 찾아보았다.
보이지 않아서 급한 대로 내 셔츠를 벗어 김성은의 손에
들려주었다. 김성은이 그것을 받아 얼굴을 묻었다.

내 셔츠가 그의 눈물과 화장으로 젖을 때, 아이보리색
파운데이션과 연분홍색 블러셔와 어두운 섀도우가 흰 옷에
번지던 그 순간에, 나는 문득 살아있다는 게 좋았다. 살아서
그에게 옷도 벗어줄 수 있어서. 소중한 사람의 눈동자에서
흐른 것을 받아내는 건 옷이 누릴 수 있는 호사 같았다.

운다는 건 살아있다는 것.
살아있는 사람의 몸에선 이렇게 무언가가 흐른다.

살아있는 이들, 살리고 싶었던 이들, 죽었어도 잊지 않고
싶은 이들, 허구여도 믿고 싶은 이들을 책으로

데려오고 싶었다. 울창한 동시대인들과 뒤얽히며
《갈등하는 눈동자》를 썼다. 먼곳프레스의 첫 책이다.
내가 가깝게 느낀 이 이야기들이 부디 멀리까지
뻗어나가면 좋겠다.

2026년을 향해가는 겨울에

두 개의 작은 눈동자를 깜빡이며

이슬아

글   이슬아

1992년 서울에서 태어났다. 2014년 데뷔 후 수필, 소설,
칼럼, 서평, 인터뷰, 가사, 드라마 각본 등 다양한 장르를
넘나들며 글을 쓴다.《심신 단련》《가녀장의 시대》
《깨끗한 존경》《끝내주는 인생》등 열다섯 권의 책을 썼다.
2025년부터 직접 홈드라마를 찍고 편집하여 유튜브 채널
'이슬아와 쩍쩍이들'에 발표하기 시작했다.
@sullalee

시·사진   이훤

기계공학을 전공하고 그만두었다. 2014년 데뷔 후 시인,
사진가, 번역가로 활동한다.《양눈잡이》《청년이 시를 믿게
하였다》《눈에 덜 띄는》《고상하고 천박하게》등 여덟 권의
책을 쓰고 찍었다. 여러 대륙을 오가며 〈공중 뿌리〉
〈We Meet in the Past Tense〉 등의 전시를 열었다.
매일 고양이 똥을 치운다.
PoetHwon.com   @__leehwon

갈등하는 눈동자

ⓒ 이슬아 이흰 2026

1판 1쇄 발행　2026년 1월 5일
1판 7쇄 발행　2026년 2월 5일

지은이　이슬아
사진　이흰
편집　김진형
디자인　박연미
제작처　제이오

펴낸곳　먼곳프레스
펴낸이　김진형
출판등록　2025년 8월 20일 제2025-000136호
주소　10881 경기도 파주시 회동길 480,
B동 417호
전화　031-935-6107
팩스　031-935-6108
전자우편　editor@meongot.com
인스타그램　@meongotpress

ISBN　979-11-996490-0-2 03810

표지와 사진에 대하여

책을 쥐면, 표지 중앙을 가로지르는 얇은 선이 만져진다.
은색 박을 입혀 위치마다 다르게 반짝인다. 힘이 느껴지는
젊은 나무가 표지를 가득 채우고 있다. 한밤의 나무다. 어둠
위로 흰 반원이, 재색 띠가 퍼진다. 눈동자가 깜빡이는 상像
같기도 하다. 가지 사이로 '갈등하는 눈동자'라는 텍스트가
백색과 흑색으로 두 번 쓰여 있다.

책을 열면 다른 나무가 양면 가득 들어차 있다. 시간이
흐른 듯 환하다. 나무는 볕을 온몸으로 받고 있다. 오랫동안
흔들려온 수령의 영혼이 천천히 움직이는 광경 같기도 하다.
이 사진은 다음 장까지 총 세 쪽에 걸쳐 이어진다. 우측에는
원본이 하나뿐인 폴라로이드 사진이 자리해 있다. 나무의
혈관을 채집한 듯 보인다.

마지막 페이지에도 사진이 있다. 나무도 숲도 어두워서
만지면 짙은 어둠이 묻어나올 것 같다. 수령들 사이로 작은
사람이 보인다. 손을 모은 채 기도하는 중이다. 위아래로
흰 옷을 입고 있는데, 암부와 대조되어서인지 반사된 빛
때문인지 마치 다른 시공간에 들어서는 장면 같기도 하다.

이슬아, 박연미, 김진형의 시선을 아우르며
이훤이 쓰다